Peter E. Rücker • Die Entscheidung

AF191729

Peter E. Rücker

Die Entscheidung

Novelle

Bibliographische Information Der Deutschen Biblio-
thek:

Die Deutsche Bibliothek verzeichnet diese Publikation
in der Deutschen Nationalbibliografie; detaillierte
bibliografische Daten sind im Internet über
<http.//dnb.ddb.de> abrufbar.

Herstellung und Verlag:
    Books on Demand GmbH, Norderstedt
Umschlaggestaltung, Satz und Layout:
    Peter E. Rücker
Alle Rechte vorbehalten.
    ISBN 978-3-8448-0748-6

1

Lautlos breitet er seine Schwingen aus und löst seine Krallen. Ein kurzer Aufschlag, und schon spürt er sich vom Polster der Luftkissen getragen. Weit reicht sein Blick über weißes Land, weit breitet sich der kalte Teppich unter ihm aus: Kein Baum, kein See, kein Fluß; kein Haus, kein Zaun, keine Fußfährte; kein Hase, kein Hörnchen, keine Spitzmaus schenken seinem Auge Halt. Weißes, weites Land scheint in diesen kalten Luftsee eingetaucht, warm und feurig tanzen die Nadelspitzen der langen Sonnenstrahlen auf seinen Schwingen. Im grauen Gewölbe über sich entdeckt er keinen Verwandten oder Mißgünstling. Leicht gleitet es sich heute vorwärts, ohne Turbulenzen oder Unhöhen. Endlich taucht am Horizont das leicht abgesetzte Band eines Flusses auf; endlich säumen Wälder den vertrauten Flug; hier breitet sich bereits der beißende Rauch der Hütten vor ihm aus; hier erkennt er unter sich die Gräte des Bootssteges mit den fischfangenden Holzbooten – die um den Flußrand bunt in die Wälder eingesprengten Häuserpunkte. Arm an Windungen, schneidet sich der Fluß zwischen die Baumwipfel hinein. Die Wälder stehen wieder geschlossen an den Ufern. Und wieder reicht sein Auge weit nach vorne, sucht nach den Stromschnellen, schließlich nach dem Großen See. Und fast hätte er die beiden kleinen Punkte übersehen, die – etwa fünf Schwingenschläge voneinander entfernt – am Band des Stromes unscheinbar auftauchen, denn hier breitet sich kein störender Rauch aus; sie scheinen derzeit verlassen. Jetzt nimmt er den ersten deutlich wahr, bald den zweiten. Ein leiser Impuls läßt ihn seine Route ändern, er zieht seine Schwingen dichter an seinen Körper heran und neigt sich zur Seite. Und schon beginnt sich die Welt um ihn zu drehen, schon werden die Luftkissen härter, schneidender; schon nehmen die kreisenden Wälder an Größe zu. Mit aller Kraft richtet er seinen Kopf, preßt er seine Brust nach unten, denn immer zäher und fester wird der Luftbrei, in den er einfliegt. Immer noch kreist um ihn die Landschaft, als er die Handfedern gegen die Luftwand preßt, er immer langsamer gleitet, er immer deutlicher die einzelnen Baumwipfel erkennt, er schließlich fast bis zum Stillstand seinen Flug verzögert und mit steil nach vorne gerichteten Klauen zum Aufsetzen auf einen kahlen Ast alle Vorbereitungen trifft. Weich und sicher landet er im Wipfel eines jener Bäume, die das gegenüberliegende Ufer der zweiten der vereinzelten Hütten säumen. Ruhe und Stille bedecken hier den Strom, die Wälder und die verlassene Anwohnung. Der Schnee um den Platz vor dem Blockhaus herum scheint allein von Sonnenstrahlen berührt worden zu sein. Ganz von ferne beginnt plötzlich die Luft zu singen, rasch erwächst der Gesang zu einem Dröhnen, er sieht das plumpe Ungeheuer nun direkt auf sich zufliegen; immer stärker spürt er die Luftwände zittern; ihn schüttelt bereits heftig das so sicher gewähnte Himmelshaus, als er mit ein paar kräftigen Flügelschlägen vom Baum abhebt und mit großer Kraftanstrengung in leichtere, ruhigere Luftgemenge vordringt. Unten sieht er träge das lärmende Monstrum in der Mitte des Flusses aufsetzen, bevor sich sein Blick nach vorne wendet, dem weiten, offenen See zu.

„Vorsicht, das Eis ist brüchig!" „So ein Schwachsinn! Ich hab's ja gleich gesagt, daß wir viel zu früh ankommen. Hier ist ja noch dicker Winter!" „Motzen kannst du später. Faß' mal lieber hier mit an!" Die beiden Männer zerren eine große Holzkiste hinter den Sitzen hervor und hieven sie auf die naßklebrige Eisfläche. „Vergiß meinen Rucksack nicht!" „Hier, nimm ab!" Weitere Taschen, Kisten sowie Köchernetze kommen neben dem Gepäck zu stehen, bevor der Pilot die Türen schließt, den Propeller startet und flußabwärts über das Eis gleitet, bis die Maschine leicht von der Oberfläche abhebt und schnell an Höhe gewinnt. Die beiden Zurückgebliebenen schauen dem Flugzeug für kurze Zeit hinterher, ehe sie damit beginnen, die Gepäckstücke über die von Schnee bedeckte Eisfläche zu schleppen, um sie am kaum unterscheidbaren Ufer vor dem Blockhaus abzusetzen. Nach sechs Märschen haben sie alle Teile wieder versammelt. Auf Kisten sitzend, ringen beide nach Atem. „Traumhaft schön, diese Stille!" „Aber nicht mehr lange, wenn die anderen da sind!" „Laß uns die Hütte in Augenschein nehmen, Tom!" Tief sinken die Männer im Schnee ein, als sie auf das Blockhaus zugehen. Am Hang gelegen, führt eine zugeschneite Holztreppe steil hinauf zum Eingang. Thomas schiebt den offenen Riegel an der Tür zurück und schafft den Schnee davor mit den Füßen beiseite. Mühsam läßt sie sich öffnen, und schwarze Dunkelheit springt beiden entgegen. Beim nächsten Schritt stößt er hart gegen Holz. „Verdammt, hast du mal Feuer?" „Nee du, die Lampen sind alle im

Gepäck." In diesem Augenblick vernehmen beide das Herannahen des Propellerflugzeuges. „Laß uns erst den anderen beim Ausladen helfen, Stefan!" „O. k.!" Stefan und Thomas gehen zurück zum Ufer und betreten wieder die Eisfläche, nachdem das Flugzeug zum Stillstand gekommen ist. Von Ferne bereits erkennen sie zwei Personen in leuchtendrotem und türkisfarbenem Overall aussteigen. „Das sind Nele und Babsie!" „Ich wünscht', wir hätten deren tausend Koffer schon an Land!" „Nur Mut!" „Hallo!" „Hallo, ihr Beiden!" „Was'n Glück, daß ich nicht nur die Sommerklamotten mitgenommen hab'!" „Ja, im Bikini wär's momentan ein bißchen kühl." „Aber umso reizvoller!" „Wir müssen uns beeilen, damit die anderen heute noch bei Tageslicht landen können!" „O. k.!" Zu viert tragen sie alle neu eingetroffenen Gepäckstücke an Land. Inzwischen ruht der Sonnenball bereits auf der Nadelbaumsilhouette flußaufwärts. Während die vier Ankömmlinge in einer nächsten Anstrengung alles Gepäck vor die Haustreppe schaffen, wird die Gruppe mithilfe zweier weiterer Anflüge fürs erste vervollständigt. Winkend verabschieden sich die neun Reisenden von dem Piloten, der mit seinem

Flugzeug von der Abenddämmerung schnell ver-
schlungen wird.

Rot leuchtet die Glut des Kaminfeuers, hoch lodern
die Flammen in den Schacht hinein und werfen ihr
Licht auf Kisten und Rucksäcke, auf Stühle und
Sitzbänke, auf Pullover, Jacken und Overalls, auf
Wollstrümpfe und Handtücher, auf Mikroskope in
offenstehenden Holzbehältern; auf Angelruten,
Fischnetze und Macheten; auf Schreibblöcke,
Landkarten und aufgeschlagene Bücher; schließlich auf einen länglichen Holztisch, an dem die Ankömmlinge Platz genommen haben und ihr erstes
gemeinsames Essen zu sich nehmen. Soeben wird
der Deckel eines hohen Topfes gelüftet, und unter
Beifall wird der Inhalt auf hungrige Teller verteilt.
Im Schein der Öllampen glühen die Gesichter, glänzen die Augen, erfreut über die köstliche Mahlzeit.
Die Gespräche verstummen bald, der Raum wird
überflutet von Eßgeräuschen, vom Aneinander-
schlagen der Gläser, vom Tönen der Teller und
Klappern der Bestecke. Hinten knistert das trocke-
ne, zischt fauchend das halbfeuchte Kaminholz –
Rauch und Hitze mischen sich mit den Ausdün-
stungen körperlicher Anstrengung, alles glüht,

dampft und lodert im angenehmen Erschöpftsein von den Mühen dieses Tages! Erst als die Tür zum Vorraum aufgestoßen worden ist, erst als in den Tassen, Gläsern und Bechern der heiße Tee wartet, erst als die Teller beiseitegeräumt und die Kekse und Schokoladentafeln ausgeteilt sind, schlägt ein Löffel gegen ein Glas, so daß die Gespräche gemächlich abebben. „Meine Damen und Herren, ich darf um Ruhe bitten!" Zäh und zögerlich verwandeln sich die strömenden Stimmen in flüsternde Quellen. „Wie Sie wissen, und auch wenn Sie es wissen, möchte ich das hier noch einmal ausdrücklich betonen, sind wir hier nicht – ich betone dieses ‚Nicht'! – zu ein paar schönen Urlaubstagen oder Urlaubswochen aufgebrochen, sondern um zu arbeiten; wissenschaftlich zu arbeiten, zu forschen, zu entdecken! Und zwar – das ist Ihnen sicherlich schon seit unserer Ankunft klargeworden! – unter einfachsten, ja unter primitiven Bedingungen!" Die flüsternden Quellen der Stimmen murmeln und raunen lauter auf, bevor sie versiegen. „Was das im einzelnen heißt, werden wir morgen nach dem Frühstück genauer bereden. Wir haben uns ja auch dementsprechend vorbereitet. Ich möchte an dieser Stelle noch etwas anderes anmerken, was mir wichtig erscheint, denn hiervon hängt meines Erachtens entscheidend ab, ob wir erfolgreich sein werden oder nicht: Wie dem einen oder anderen sicherlich heute abend bereits aufgefallen ist, werden wir die nächsten Wochen nur dann miteinander auskommen können, wenn wir Ordnung und Disziplin schaffen und auch einhalten in den täglichen Dingen, in unserem Zusammenleben! Jeder muß mit anpacken, jeder hat seine Aufgabe zu übernehmen! Als wissenschaftlicher Leiter trage ich persönlich die Verantwortung für das, was hier geschieht!" „Wir sind doch erwachsene Menschen, wir sind hier doch nicht im Kindergarten!" „Davon gehe ich aus, Bettina! Doch ohne Disziplin kommen wir auf diesem engen Raum niemals klar. Außerdem wollen wir dabei auch noch lernen, wissenschaftlich zu arbeiten!" „Ich bin dafür, abzustimmen, wer hier was zu sagen hat!" „Bettina, ich glaube, Sie sind sich noch nicht darüber im klaren, welches Risiko Sie eingegangen sind, diese Exkursion anzutreten! Und vor allen Dingen, welches Risiko ich eingegangen bin, mit Ihnen hierherzufahren!" „Wem gegenüber fühlen Sie sich denn verpflichtet?" „Gegenüber der Universität, Cornelia! Dem Präsidenten gegenüber, der diese außergewöhnliche Expedition genehmigt hat! Für alles, was hier passiert, kann ich persönlich zur Rechenschaft gezogen werden!" „Was soll das, gleich am ersten Abend mit ‚ner Moralpredigt uns einschüchtern zu wollen?" „Barbara, das hat mit Moral doch nichts zu tun!" „Ich bestehe darauf, daß demokratisch abgestimmt wird über jeden Beschluß! Schließlich ist Demokratie ..." „Hier gibt's nichts abzustimmen! Ich trage die Verantwortung, also treffe ich die Entscheidungen!" „Aber ohne mich! Ohne Demokratie läuft bei mir gar nix!" „Nun mal langsam, Lars! Herr Merkhofer trägt einen Großteil des finanziellen Risikos, falls etwas kaputtgeht. Wir sollten das berücksichtigen. Die teuren Geräte, die gemietete Hütte: Das muß doch schon irgendwie organisiert werden, wie wir diese Dinge benutzen. Wir sind hinterher wieder weg, wir studieren weiter, doch Herr Merkhofer ist für alle Schäden greifbar. An ihn gehen alle späteren Regreßansprüche." „Mein Gott, Ihr geht gleich von einer Katastrophe aus! Ich denke, wir wollen hier die nächsten Wochen erfolgreich zusammenarbeiten!" „Wir brauchen auf jeden Fall einen Arbeitsplan für die Hausarbeiten, damit das gerecht verteilt ist!" „Also gut: Abstimmung, wer ist für einen festen Plan im

Haus?" Fünf Arme erheben sich über die erhitzten Köpfe hinweg. „Sehen Sie, ich wußte doch, daß Sie vernünftig sind! Ich schlage vor, daß wir morgen alles zusammenstellen, was an Hausarbeiten zu erledigen ist. Damit jeder mal an die Reihe kommt! Heute bleibt noch die Frage zu klären, wer freiwillig hier im Aufenthaltsraum übernachtet!" Schweigen breitet sich aus. „Ich bin dafür, zu wechseln!" „Ich penn' doch nicht in diesem Mief!" „Einer muß auf jeden Fall den Anfang machen!" Das Knistern des Brennholzes wird lauter und lauter. „O. k., ich mach' das!" „Danke, Thomas!"

Gelb leuchtet das Eis des Flusses an diesem Morgen. Darüber schwebt kniehoch weißer, dichter Nebel. Aus ihm heraus ragen zwei Körpergestalten, die mit Pickel und Spaten auf die weiche Nebelwatte einzuschlagen scheinen und sie zu zerteilen suchen. Krachend fahren die Geräte auf den Grund hernieder. Immer wieder holen die beiden Pickel weit aus und landen auf dem Eis. Zehn Schritte vom Flußufer entfernt, türmen drei weitere Personen knorriges Astholz auf, sucht eine vierte Person das gefrorene Geäst anzuzünden. Eine kleine Rauchfahne steigt unwillig empor und folgt schräg einer unmerklichen Luftströmung. Am Fuß der Holztreppe stehen drei Frauen um eine offene Kiste herum und hantieren mit Thermometern, Meßzylindern und Schnüren. „Die anderen Drei haben's richtig gemacht und einfach gesagt, sie könnten nicht früher! Ich wünscht', ich wär' auch so schlau gewesen!" „Die hatten schon ihre Gründe!" „Wer weiß, ob in zwei Wochen der Schnee überhaupt noch da ist!" „Ist doch Schrott, hier was messen zu wollen! Womöglich mit Angabe der Schneehöhe!" „Komm, laß mal, Babsie! Machen wir eben Winterurlaub, bis es getaut hat! Kann Merkhofer doch gar nix sagen, bei der Witterung!" „Wart' mal ab, dem fällt bestimmt irgend was ein, was wir hier untersuchen können, auch im dicksten Schnee!" „Möcht' mal wissen, wo die Drei hier noch pennen wollen! Ist sowieso alles zu eng!" „Na, im Zelt, wo sonst? Jörg hat gesagt, er bringt sein Zelt mit." „Das möcht' ich sehen, wie Jörg, Bernd und Karen im Zelt übernachten bei der Kälte!" „Ganz einfach: Da kommt eben jeder mal dran, Babsie!" „Ohne mich! Mir ist jetzt schon saukalt! Wozu packen wir eigentlich hier die Meßgeräte aus? Wie willst du denn die Wassertemperatur messen?" „Lars und Dirk sind doch unten am Schuften! Vielleicht haben sie ja bis heute abend ein Loch ins Eis gekriegt!" „Die armen Irren!" „Ich setz' mich jetzt in die Sonne und rauch' erst mal eine!" „Gute Idee, Tina!"

„Damit hätten wir also vier Themenblöcke beisammen." „Können Sie nochmal langsam wiederholen, fürs Protokoll?" „Sicher, Nicole: Erstens, eine Arbeitsgruppe ,Schilfzonenkartierung', gebildet von Barbara, Jörg und Ihnen; zweitens, eine Gruppe ,Bodentierwelt' mit Cornelia, Bettina und Karen; drittens, eine Gruppe ,Flußökologie' mit Stefan, Lars und mir, und schließlich die vierte Arbeitsgruppe mit Thomas, Bernd und Dirk zum Thema ,Urwaldkartierung'. Selbstverständlich werden wir uns gegenseitig unterstützen, wo das erforderlich ist. Es gibt schließlich noch eine Vielzahl kleinerer Meßprogramme, die zu absolvieren sind. Die Absprachen können Sie hierzu selbst treffen." „Wie sieht das denn aus, wann sollen wir denn anfangen?" „Ja, das ist ,ne gute und wichtige Frage, Stefan! Zunächst fehlen ja noch Karen, Bernd und Jörg. Ich schlage vor, daß Sie bis dahin Ihre Untersuchungsprogramme ausarbeiten, die erforderlichen Geräte zusammentragen bzw. zusammenbauen. Ich habe auch nichts dagegen, daß Sie Tagesexkursionen zu Fuß unternehmen, um Ihr Gelände näher kennenzulernen. Doch eine dringende Bitte: Gehen Sie niemals alleine, mindestens in Zweiergruppen! Und nehmen Sie einen Kompaß mit! Wenn der Fluß frei ist, wird alles viel leichter zu erkunden sein mit den Kanus." „Und was machen wir, falls das Eis noch länger bleibt?" „Ja, dann müssen wir unser Untersuchungsprogramm den besonderen Umständen anpassen!" „Dann machen wir ‚Hütten-ökologie', Lars!" scherzt Dirk. „Ich hab' da noch ‚ne grundsätzliche Frage: Sie haben uns jetzt vier Themen vorgesetzt, und das ist alles ganz schön und gut! Aber ich sehe keinen Zusammenhang zwischen den Bereichen: Für mich ist das keine Ökologie, sondern ein reines Beschäftigungsprogramm, wo hinterher jede Arbeitsgruppe irgendwelche Ergebnisse abliefert, wo aber nix zusammenpaßt! Ich verstehe unter Ökologie was anderes!" „Ich halte Ihre Beurteilung für voreilig, Dirk! Lassen Sie uns erst einmal mit der Arbeit beginnen, dann werden sich die Zusammenhänge schon ergeben!" „Das ist aber doch dann rein zufällig, das hat für mich nix mit wissenschaftlichem Arbeiten zu tun!" „Dann schlagen Sie andere Themen vor, Dirk! Ich bin gerne bereit, meine Meinung zu ändern!" „Woher soll ich das können? Ich bin hierhergekommen, um was zu lernen. Das ist nicht mein Job, das Programm festzulegen." „Ich verstehe, was du meinst! Aber hat Herr Merkhofer da nicht recht, erst mal anzufangen? Oft ergeben sich Zusammenhänge, wenn die ersten Meßergebnisse vorliegen." „Tom, das ist für mich Stümperei, das ist keine Wissenschaft!" „Bedenken Sie bitte, daß unser Primärziel ist, uns wissenschaftliche Methoden anzueignen unter – sagen wir – einfachen Bedingungen! Wenn die Ergebnisse zusätzlich noch etwas zu Tage fördern, dann umso besser!" „Mir ist das alles zu theoretisch! Ich hab' jetzt schlicht und ergreifend Hunger! Wer macht mit beim Kochen?" „Wie wär's, Dirk? Bei d e r Wissenschaft gibt's immer handfeste Resultate!" „Das stimmt, Tina! Bin schon überredet!"

Von einem tintenblauen Schleier bedeckt, leuchtet das Eis gegen den glasklaren Himmel. Längst stehen die Stämme beidseitig tiefschwarz gerändert, erscheinen die Äste von einem grauen Mantel bedeckt, ragen die Felsen hell an den Ufern hervor. Hart knirscht das Eis unter seinen Füßen, als er seinen Weg fortsetzt, mitten auf dem gefrorenen

Fluß. Die Abendsonne ist bereits untergegangen, die Luft atmet sich klar und rein, alle Geräusche menschlichen Tätigseins hat Thomas weit hinter sich gelassen. Hier, alleine auf dem Fluß, erfährt er die erste Berührung mit seiner neuen Umgebung. Wie wundersam er sich dieses Land immer erträumt, wie wild und vertraut er sich diese Natur vorgestellt hat, und es ist dies alles, und sie ist noch mehr! Wohin führt der Weg auf diesem Eis, wenn nicht in die ewige Stille? Wohin fließt dieser Fluß zwischen allen Felsen, wenn nicht in die Freiheit, in den Großen See? Wohin tragen ihn seine Füße, wenn nicht hinein ins Paradies? Die Sterne, die da jetzt vor ihm auftauchen, sind sie ihm fremd oder vertraut? Er spürt, jeden Baum bereits zu kennen, doch gibt es da eine Weite, eine weise Gelassenheit dieser Gewächse, die ihm neu erscheint, erleichternd jung! Ein vertrautes Paradies also? Thomas spürt: Er braucht nicht hierzubleiben in diesem Land, um dies alles zu bewahren; er trägt es bereits in sich. Ja, er weiß sogar darum seit seiner Kindheit, seit er berührt die Abenteuer der ComicHelden um Bessie und Lasso gelesen und immer wieder gelesen hat! So alt dürfen Träume also geworden sein, bevor sie sich erfüllen! Inzwischen ist der Fluß mit einem dunklen Schleier bedeckt; erscheinen die Ufer als schwarze Rahmen eines Schienenstranges, der in weiter Ferne in einem Punkt zusammenführt. Der Sternenhimmel spendet Licht, doch die Füße erahnen lediglich das Eis für den folgenden Schritt. Inzwischen auch verzaubern die Rufe fremder Vogelstimmen die Stille und wecken die Phantasie unmerklich auf. Gab es da nicht immer auch Grizzlybären, die der Collie-Hündin ständig über den Weg liefen? Im Tal der wilden Pumas hatte sie doch ihren treuen Herrn mehrfach zu retten gehabt! Und die vielen Giftschlangen, die Vogelspinnen? Beim folgenden Frösteln wird Thomas gewahr: Auf diesem Eis müßte eine jede Klapperschlange hilflos und steif wie ein Stock daliegen! Was also bleibt an Gefahren? Solch ein Bär ist sicherlich auch nicht der leiseste auf der Eisdecke! Aber ein Loch, mitten im Strom, das wäre denkbar! Plötzlich hält er an: Daran hat er beileibe nicht gedacht, an diese unspektakuläre, aber gefährliche Situation. Er schaut nochmals in die dunkle Ferne, bevor er seine Richtung umkehrt und nun stromaufwärts den Rückweg antritt. Eine unendlich lange Stunde mag wohl vergangen sein, als er erleichtert festen Boden, oder doch festen

Schnee, unter seinen Füßen spürt! Ja, die Phantasie kennt die Türen, durch die sie in die Realität vorzudringen vermag!, denkt Thomas, während er seine Schuhe von Eis und Schnee befreit, um dann in der Hütte die erste, heftig vorgetragene Kritik des Professors an seinem unvernünftigen Verhalten entgegenzunehmen.

„Nicht so viel Essig! Das kann ja keiner mehr essen!" „Da geben wir einfach etwas Wasser dazu!" Thomas hilft Barbara und Cornelia beim Kochen. „Der Salat ist fertig! Was gibt's sonst noch zu machen?" „Hast du den ‚Sap' schon angerührt?" „Ach ja, den Tisch könntest du noch decken." ergänzt Cornelia. Thomas füllt in zwei Literbecher Wasser ein und kippt das original einheimische Orangensaftpulver von je drei Packungen hinterher. Anschließend rührt er mit dem Kochlöffel kräftig um, bis sich das Wasser honigmelonengelbtrübe gefärbt hat. Der süße Zuckergeruch breitet sich aufdringlich aus. „Kann schon auf den Tisch." „Wenn ich dran denke, daß wir das Zeugs noch wochenlang trinken werden, wird mir gar nicht besser!" meint Barbara. „Ich find's ganz lustig, zumindest bis jetzt!" entgegnet Cornelia. Ihr schwarzes, glattes schulterlanges Haar birgt ihr Gesicht, als sie sich vorbeugt, um den Reis abzugießen. „Wie sieht's mit dem Braten aus?" „Dauert noch einen Moment!" „Tom, hier sind die Messer, mehr haben wir leider nicht!" „Die Gabeln liegen schon da." „Super! Du bist ja ein echter Hausmann!" lobt Cornelia. „Vorsicht, heiß!" mahnt Barbara, als sie nun das Blech mit dem Fleisch aus dem Backofen nimmt und zum Tisch balanciert. „Etwas zum Unterlegen, schnell!" Thomas eilt mit zwei Frühstücksbrettchen herbei. „So, es kann losgehen!" verkündet Barbara laut in den Raum. Vom köstlichen Duft angezogen, finden sich schnell alle Expeditionsteilnehmer zum Abendessen ein. Cornelias glänzender Blick trifft auf Thomas, als sich die Versammelten einen guten Appetit wünschen. „Haben wir gut hingekriegt!" ruft sie ihm zu. „Stimmt!" Auch das Lob der anderen fällt reichlich aus für die Köche. Viel zu schnell sind die Töpfe geleert, bleiben halbhungrige Blicke an dem Geschirr haften. Nun erhebt sich Barbara. „Achtung, Achtung! Ich seh's euch an, ihr seid noch nicht satt! Einen Moment!" Sie eilt zum Kühlschrank, öffnet die Tür und greift nach zwei großen Backschüsseln, mit denen sie zurückkehrt. „Oh, Schokoladenpudding!" „Und

Vanille! Das ist ja riesig!" Begeistert werden die Schüsseln herumgereicht, um kurze Zeit später das Schicksal ihrer Küchengefährten zu teilen: Fast erübrigt sich hier ein Spülgang, so klar leuchten die Porzellanfarben unentwegt suchenden Augen entgegen. „Ich geh' eine rauchen, kommst du mit, Tom?" Von ihrer Einladung überrascht, schließt er sich Cornelia an und tritt mit ihr in die Veranda. Kurz leuchtet die Streichholzflamme auf und bescheint Cornelias Antlitz, ihren langen, geraden Nasenrücken, die glänzenden, grünen Augen, ihre sinnlichen Lippen, die sich um die Zigarette spannen. „Schön hier draußen!" „Ja, stimmt!" „Wo hast du eigentlich so gut kochen gelernt?" „Och, so für mich selbst, aus Büchern!" „Macht's dir auch Spaß?" „Klar!" Sie nimmt einen Zigarettenzug. „Wie sieht's in eurer Arbeitsgruppe mit den Vorbereitungen aus?" fährt sie das Gespräch fort. „Solange Bernd noch fehlt, können wir nix entscheiden. Hinterher müßten wir alles wieder umschmeißen." „Verstehe!" Schweigend steht Cornelia Thomas nah gegenüber, schaut sie in seine blauen Augen, lang – länger! Sie winkelt ihr Knie nach hinten ab und drückt den Zigarettenstummel auf der Schuhsohle aus – während ihre Augen weiter auf ihm haften.

Sanft rührt ihre Hand an seine Schläfe; Thomas schiebt seinen Fuß ein letztes Stück vor, ihre Knie rühren warm aneinander – Laut springt das Schloß der Eingangstür aus seiner Verankerung; erschrocken fahren Cornelia und Thomas zurück, als Nicole, Stefan und Professor Merkhofer hinzutreten. „Ah, frische Luft! Tut das gut!" Verstört gehen Thomas und Cornelia auseinander.

„Da kommen sie!" Lars zeigt mit erhobenem Arm gegen den Himmel dorthin, wo ein kleiner schwarzer Punkt rasch zu Tragflächen mit einem Propeller erwächst. Alle Teilnehmer sind ans Ufer geeilt, um die eintreffenden Freunde zu begrüßen. Wasserfontänen springen zur Seite, als die Maschine mit den Kufen aufsetzt und bald zum Stehen kommt. Langsam steuert sie auf das Ufer zu und hält präzise am Ende des Bootssteges an. „Hallo, ihr Nachzügler!" Die Begrüßung fällt freudig aus, der Professor schüttelt den drei neuen Gästen kräftig die Hand und heißt sie willkommen. Schnell ist das Bordgepäck ausgeladen, und schnell startet der Pilot wieder seine Maschine, um den nächsten Transportdienst auszuführen. „Ihr habt ja fabelhaftes Wetter hier! Wo ist denn nu' das ganze Eis, und überhaupt der Winter?" „Ihr habt mal wieder Schwein gehabt! Vorgestern alles weggetaut!" „Und ich hab' meine ganzen Winterklamotten mitgebracht!" stöhnt Karen. „Kommt erst mal mit ‚rein, es gibt was zu futtern!" lädt Barbara ein. „Vorsicht, der Boden ist aufgeweicht vom Tauwetter! Lauft am besten auf den Steinen!" ermahnt Stefan. Bald sitzen alle zwölf Expeditionsteilnehmer eng beieinander um den Tisch herum und tauschen die wichtigsten Neuigkeiten mit Bernd, Jörg und Karen aus. Thomas' Blick fällt zwischenzeitlich durchs offenstehende Fenster hinunter auf das Gepäck, das auf dem Bootssteg verstreut dasteht. Ja, in den letzten beiden Tagen ist das Unglaubliche geschehen: So hart und grimmig der Winter hier draußen auch immer sein mag, so unvermittelt und rasch verläßt er dieses Land! Ein Erwachen in frühlingswarmer Luft, zwei Tage und Nächte voller Sturzbäche und Rinnsale, und eine dritte Nacht, in der die Schollen auf der aufgebrochenen Eisdecke vom Strom davongetragen worden sind: Das ist alles, was in seiner Erinnerung übrigzubleiben hat von diesem Jahreszeitenwechsel! Und nun diese warme Luft, beständig stromabwärts wehend, fast zu warm in den Nächten, in dieser stickigen Hütte.

„Jetzt kann's also losgehen!" wirft Professor Merkhofer in die Runde. „Erst mal Tisch abräumen!" ruft Cornelia gleich hinterher. „Nur keine Panik, Leute! Uns läuft ja nix weg!" meint Dirk. „Ich freu' mich, daß Sie wohlbehalten angekommen sind!" fährt der Professor fort. „Wir haben Sie bereits auf Arbeitsgruppen verteilt, Sie können jedoch gerne noch untereinander tauschen! Am besten lassen Sie sich von den anderen Mitgliedern alles erklären, was bisher vorbereitet worden ist!" „Das wichtigste ist, daß wir uns jetzt im Ort Boote ausleihen, am besten die leichten Kanus!" ruft Stefan aus. „Ja, wir sind bisher noch gar nicht in der ‚Marina' gewesen, weil alles zugefroren war!" erklärt Herr Merkhofer. „Die Vorräte gehen auch langsam zu Ende, morgen gibt's Reissuppe!" fügt Bettina hinzu. „Also beschließe ich, daß wir morgen einen Einkaufs- und Reisetag zur ‚Marina' einlegen!" „Wunderbar: Jetzt, wo der liebe Herr Merkhofer es beschlossen hat, dürfen wir einkaufen fahren, liebe Kinder!" merkt Bettina an. Das vertraute Geräusch des Entkorkens von Weinflaschen schließt sich an, deren Inhalt die Ausgelassenheit Aller an diesem Abend steigert. Halb benommen, versucht Thomas später einzuschlafen in dem von Rauch und Weinduft durchtränkten Aufenthaltsraum: vergebens! Schließlich packt er seinen Schlafsack samt Decke und legt sich auf dem Boden der Veranda nieder, wo er bald von frischer Luft in einen tiefen Schlaf gewogen wird.

Leise gleitet das Kanu auf dem Wasser, allein das Ausheben der Ruderblätter läßt sich in ruhigen, regelmäßigen Abständen leicht plätschernd vernehmen. Jetzt schwenkt die Spitze auf einen neuen Kurs ein und folgt backbords einem großen Bogen des Flusses. In reichlichem Abstand befinden sich die drei anderen Kanus, zwei voraus-, eines nebenherfahrend. Die Forschungsgruppe ist zu einem gemeinsamen Erkundungskurs aufgebrochen. Die anfänglichen Zickzackbewegungen der Kanus sind der geübteren, rhythmisch aufeinander abgestimmten Geradeausfahrt aller Boote gewichen. Selbst Thomas hat sich auf die Ruderbewegungen des Professors zwischenzeitlich eingestellt und hält das Kanu auf Kurs. Haushohe Felsmassive springen hier aus den Wäldern ans Ufer hervor; hell leuchtet das Gestein in der Sonne und läßt parallel verlaufende Linien und Rinnen auf seiner Oberfläche erkennen, die schräg und flach aus dem

Wasser heraustreten und an der oberen Gesteinskante enden. Immer wieder tauchen diese, von einer scheinbar ordnenden Kraft geschaffenen Furchen auf den Steinblöcken auf, teilweise mitten im Strom. An steilen Abhängen stehen die Nadelbäume einzeln; von Moosflächen umsäumt, wo Quellaustritte von Wasserfülle künden; von Bartflechten behangen, wo dichtere Horste vereinigt sind. Hier, auf der rückwärtigen Seite der Insel, ist die Wasseroberfläche ruhiger. Und bald treten die ersten Schilfpflanzen aus dem Untergrund hervor: Begünstigt von einer Bucht, steht das Gewächs in dichter Ansammlung beieinander. Anmutig leuchtet das grüne Gras zwischen dem Spiegel des blauen Himmels auf. Die Kanus gleiten hintereinander in die Bucht, den Schilfbestand kurzzeitig zerteilend. „Das ist Ihr zukünftiger Arbeitsplatz!" ruft Professor Merkhofer den drei Schilfzonenexperten zu. Als tief herabhängende Äste von im Wasser stehenden Bäumen die Weiterfahrt behindern, halten die Boote an. „Sie sehen, daß hier, durch das Aussetzen der Strömung begünstigt, sich Landpflanzen ein neues Areal anzueignen begonnen haben! Es ist dies naturgemäß ein sehr langsam verlaufender Prozeß. Interessant scheint mir die

Frage, ob in der Tiefe noch eine Strömung vorhanden ist!" Die Kanus wenden langsam und kehren in eine leichte Bewegung des Wassers zurück. Doch hier stehen – gleich einem Wehr – die Schilfe dicht beisammen und lassen nur einen bootsbreiten Durchlaß für die Weiterfahrt offen. „Hier muß eine kleine Senke vorhanden sein!" stellt Lars fest. Tatsächlich kräuseln sich hinter der Schilfzone die Strömungswellen und beschleunigen die Fahrt der Kanus. Ein Wasserfall tritt etwa zehn Meter oberhalb des Flußspiegels aus dem überragenden Gestein heraus und stürzt, frei zerstäubend, ins Becken. Ein reicher Moosteppich leuchtet dahinter üppig auf. Hier ist der Strom sehr breit und läßt die nächste größere Insel auf Steuerbord nur erahnen. Die Flußgemeinschaft hält sich weiterhin nahe am Ufer der Insel und gelangt später an die zweite, hier stromabwärts gerichtete Inselspitze. Bizarr ragen die Felsen über das Wasser und treten schroff zurück. In einer scharfen Linkskehre umsteuern die Boote das Kap und fahren stromaufwärts. Langsamer und kräftiger erfolgen nun die Ruderschläge, leichter geraten die Kanus aus dem Kurs. Und kurze Zeit später ist auf Backbord die nächste Inselbucht ausgemacht. Bereits im Vorüberfahren läßt sich ein flacher Geröllstrand erkennen, überragt von Bäumen verschiedener Art. Die Reisenden steuern die Flußmitte an und halten Kurs auf ihre Wohnstätte. Vereinzelt sind auf dieser Inselseite Anglerstrände und Bootsstege zu erkennen. Und als nach einer weiteren halben Fahrstunde die kleine Bucht mit dem Steg und die dahinter hervorragende Holzhütte ausgemacht sind, ist die Freude groß. Sie drückt sich im Kenterspiel der beiden Bootsparteien aus, die sich rasch gebildet haben und bei denen kein Kleidungsstück trockenbleibt. Am Ende stehen alle, auf dem Bootssteg triefend naß versammelt, für ein Gruppenphoto bereit.

„Ich bin sicher, daß das so nicht geht, Bernd!" „Wart' erst mal ab!" „Du, ich glaub', der Tom hat recht: Wie willst du denn den Abhang maßstabsgerecht mitkartieren? Vor allen Dingen: Wie kommen wir an die Pflanzen in der Felswand ,ran? Das ist doch viel zu steil!" „Aber es ist nun mal typisch für die Region, es gehört einfach dazu!" „Von mir aus gerne, Bernd, ich seh' da aber ein Riesenproblem auf uns zukommen, wie gesagt!" „Dirk, das weiß ich auch!" Mitten im urwüchsigen Wald, im Innern der

Insel, diskutieren die Mitglieder der Waldkartierungsgruppe über die auszuwählende Probefläche. Thomas, Bernd und Dirk folgen dem schmalen Fußpfad ein Stück weiter. „Mich interessiert, wie weit es bis zum anderen Ufer sein wird von hier aus." „Wollen wir's ausprobieren? Vielleicht finden wir unterwegs ein besseres Areal zum Kartieren." „O. k.!" Dirk führt die Gruppe an, mit einer Machete bewaffnet und gefolgt von Bernd und Thomas. Lappenförmig große Ahornblätter neben leuchtend rot gefärbten Buchenblättern überraschen die Besucher. Fremdartige Sträucher versperren den Weg. Dirk muß immer größere Umwege wählen, damit sie – ihrer vermuteten Richtung nach – zum anderen Ende der Insel gelangen. Umgestürzte Baumleichen, undurchdringliches Dickicht nehmen überhand. Immer weniger Tageslicht vermag auf den Boden vorzudringen. „Glaubst du, wir sind noch richtig?" fragt endlich Thomas. „Was heißt glauben, Tom, ich vermute es einfach." „Ohne Kompaß ist das reine Glückssache!" wirft Bernd ein. „Von der Sonne ist auch nicht mehr viel zu sehen. Ich schlage vor, wir kehren besser um!" „Ich hab' keinen Bock, hier die Nacht zu verbringen." „O. k., wir können unsere Expedition später fortsetzen.

Also laßt uns den Rückzug antreten." Nun bildet Thomas die Spitze des kleinen Trupps. „Da haben wir einiges zu bestimmen an Pflanzenarten. Ist ja alles neu für mich." meint Dirk. „Vor allen Dingen die ganzen Baumarten!" Thomas folgt den niedergetretenen Zweigen und frisch geschlagenen Ästen, so daß sie sicher zu ihrem Ausgangsort zurückgelangen. „Ehrlich gesagt, mir gefällt hier die Stelle jetzt auch am besten für unsere Arbeit. Alles andere wäre ja Wahnsinn!" „Das freut mich, daß du das einsiehst!" „Was die Pflanzen im Fels angeht, die müssen wir eben am Schluß machen." „Vielleicht kann ich mich von oben abseilen, wenn das geht." „Das können wir alles noch später entscheiden. Hauptsache, wir wissen, wo wir loslegen können!" „Aber für heute haben wir genug geschafft! Ich bin für Rückmarsch!" Die beiden anderen stimmen Dirk zu. Der Fußpfad führt zur Hinterseite des Blockhauses, wo die Forscher kurze Zeit später ankommen. Ein Teil der Gruppe ist unten am Bootssteg beschäftigt, ein weiterer macht sich vor der Hütte zu schaffen. Thomas legt seine Ausrüstung in der Veranda ab und schlendert danach zum Flußufer. Erschöpft setzt er sich auf eines der umgedrehten Kanus und schaut Karen beim Schöpfen von Flußwasser zu. „Was hast du vor?" „Ich will mir das Plankton mal näher ansehen." „Gute Idee!" „Wie läuft's bei euch?" „Wir wissen jetzt, wo wir kartieren werden." Karen tritt näher heran, mit dem Plastikbecher in der Hand. „Haste Lust, mitzumachen?" „Lust weniger, aber ich bin neugierig, was da so alles drin ‚rumschwimmt."

Warm knistert das Kaminfeuer. Golden leuchtet das Holz von Tischen und Stühlen im Schein der Flammen. Der Duft frischen Kaffees bedeckt alle Sinneshärchen und ruft bei der Einen und dem Anderen Festnachmittage mit reichlich gedeckten Kuchentafeln in Erinnerung. Heute gibt es Kekse, süße runde Gebäcke, mit dicken Zuckerstreuseln bedeckt. Thomas sitzt, zusammen mit den anderen Mitgliedern der Gruppe, am großen Tisch und blättert in seinen Büchern, wie die anderen nach Hinweisen für seine Arbeit suchend. Ruhig und verhalten erfolgen die Gespräche, konzentriert oder träumend forschen die jungen Wissenschaftler. Thomas läßt seinen Blick aus dem Fenster schweifen, er betrachtet den waldbestandenen Felsen auf der gegenüberliegenden Insel, er läßt seine Augen auf dem gemächlich dahinfließenden Strom ausruhen. Und alles wirkt wie Stillstand ... – Leise fällt die Tür in den Rahmen. Warm weht ihr der Wind entgegen und läßt ihr T-Shirt um sie herumtanzen. Barfüßig, mit verhaltenen Schritten, geht Karen die Stufen der Treppe hinunter, das warme, rauhe Holz angenehm auf den Fußsohlen spürend. Weich federt das Gras unter ihren Schritten. Am Rande des Steges setzt sie sich nieder, streift ihr T-Shirt ab und lehnt sich gegen den Pfosten, an dem die Boote angetäut liegen. Tief atmet sie die Frühjahrsluft ein, diesen Duft nach Geburt, nach Erneuerung! Tief spürt sie die Wellen an ihre Seele schlagen, an ihren Rhythmus des Lebens. Immer wärmer umspült sie der Wind, immer heißer glüht ihr Leib und sehnt sich nach Kühle. Sie erhebt sich langsam, tritt bis ans Ende des Steges und blickt auf die Wellen: Jetzt frei sein, jetzt alles fallenlassen können, jetzt nur hier sein wollen, allein, frei, für immer! Berührt öffnet sie den Verschluß ihres Bikini-Oberteils und legt es ab, greift sie unter den Badeslip und streift ihn ab, so daß schwarz und weiß beieinander ruhen. Warm und frei umspült der Wind ihren ganzen Körper, warm auf ihren Brüsten, warm ihre Schamhaare streichelnd. Sie beugt sich nieder, taucht ihre Hände ins kühle Wasser und gleitet hinein in das kostbare Meer. Und nun umspült ein kühler Rausch ihren Körper. Frei von der Last einer Bedeckung, spannt sich lustvoll ihre Haut; ihr ganzer Leib wird gestreichelt und erregt vom Urelement des Lebens. In ruhigen Zügen schwimmt sie auf die Flußmitte zu, frei von Zeit, frei von Raum. Karen spürt, daß kein anderer Liebhaber sie auf diese natürliche Weise zu erregen vermag, sie schenkt dem Fluß, den Wellen ihre vollkommene Schönheit und Dankbarkeit. Und sie erhält Zärtlichkeit und Kühlung im Überfluß. Alles ist leicht und alles befreiend auf dieser Welt! Und alles strahlt aus auf das übrige Leben. Denn kurze Zeit später legen auch Cornelia, Bettina, Lars, Dirk und Jörg ihre Kleider auf dem Bootssteg ab und tauchen ein in das kühle Naß der Freiheit, des Vertrautseins. Thomas betrachtet eine Weile dieses Geschehen von Ferne. Doch dann wagt auch er diesen Ort der Freiheit zu befühlen: Nachdem die anderen sich längst am Kaminfeuer wärmen, schwimmt er entblößt und für sich allein im großen Fluß bis ans andere Ufer, bis zur Nachbarinsel. Eine glückliche Erschöpfung befällt ihn, als er nach seiner Rückkehr sich am Holzsteg aus dem Wasser zieht. Und ihn verbindet eine tiefe Dankbarkeit mit Karen, die ihm und ihnen allen jenen Ort der Freiheit und des Vertrauens erschlossen hat.

Mit hochrotem Kopf liegt Thomas auf der Luftmatraze im Zelt, stützt seinen Oberkörper mit den Armen nach hinten ab, während Cornelia genüßliche Pendelbewegungen auf ihm ausführt. Ihre Brüste reichen bisweilen an seine Lippen heran, wenn sie sich vorbeugt. Er verspürt seine zunehmende Lust, Cornelias Bewegungen werden heftiger, das alles in ihm wird größer und größer, und nun fängt sie zu stöhnen an. „Was ist?" „Bestens, Tom, bestens, nur weiter so!" Immer größer, umfassender werden ihre Bewegungen. Thomas klammert sich mit beiden Händen im Gras fest. Das schmiegt sich nun alles umeinander und ineinander. Endlich spürt Thomas ein vertrautes Gefühl. Doch plötzlich weicht es wieder zurück. Etwas wächst in ihm beständig weiter, oder ist es draußen? Cornelias Zittern und Stöhnen wirkt befreiender, leichter, und als sie sich weit nach vorne beugt, schreit sie laut auf, er umklammert sie und spürt höchste Verzükkung. Lange, lange währt dieser Strom heute, nie gekannt dieses Strömen ohne Ende! Das Nächste, was er wieder bewußt wahrnimmt: seinen langen, ruhigen Atem. Und er bemerkt jetzt, daß er auf dem Rücken und sie gänzlich obenauf liegt. So weich und schwer kann eine Frau werden! Seine Hände ruhen auf ihrem Po. Ihr Atem wärmt und feuchtet seine Schulter. Leicht streichelt er ihren Po. Und nun hebt sie ihren Kopf etwas an, und er erblickt das glänzende, tief erklarte Augenpaar einer beglückten Frau. Leicht gleitet sie auf die Seite und schmiegt sich wärmend an ihn, bevor seine Augenlider niedersinken.

Das Wasser ist wärmer geworden. Alle Bäume haben ihre Blätter entrollt, die Wiesen stehen in voller, erster Jahresblüte, die Sträucher beginnen zu fruchten, und eine Vielzahl von Vogelstimmen bereichert neben dem Zirpen der Grillen das Abendleben. Grüne Baumkronenteppiche kontrastieren mit einem tiefblauen Himmel, blauklares Wasser umspült die dunkelbraunen Holzstämme und Stege. Das Leben im Dorf hat sich über den Fluß bis zur Blockhütte ausgebreitet, an Wochenenden passieren Angler und Wildnistouristen mit Motorjachten und Booten des öfteren das Anwesen, bisweilen in der Mitte des Stromes ankernd, um mit ihren

Ferngläsern nach möglichen entblößten Leibern Ausschau zu halten. Abends erlischt das menschliche Leben um die Blockhütte herum, alle Bewohner versammeln sich diszipliniert im Hausinnern. Denn draußen herrschen nun Schwärme von Mosquitos in der Luft, um ein jedes warmblütige Geschöpf heimsuchen zu können. Drinnen wird gejagt, doch lassen sich die Nächte nur mit Gaze-Netzen heil überstehen. Alles Leben breitet sich verschwenderisch aus, alles blüht, duftet, summt oder singt hier regelmäßig. Und so fallen in Nächten die stöhnenden Aufschreie und Freudenrufe nicht mehr auf, die aus dem Zelt in wechselnden Besetzungen dringen und die Natur um eine wesenhafte Erscheinung bereichern: Paarungslaute sind hier willkommen! Tagsüber gehen die Bewohner der Insel ihrer Arbeit nach und bevölkern verschiedene Plätze: das Waldinnere, die Schilfzonenbucht, den Fluß an unterschiedlichen Stellen und verschiedene Felsmassive. Populär geworden, macht seit geraumer Zeit ein neues Wort die Runde: ‚Backside Ecology‘, jenes nicht überwachte Forschungsprogramm, das mutmaßlich auf der Rückseite der Insel absolviert wird und zu stark gebräunten Leibern und reichlich erholt wirkenden

Gesichtern führt! Niemand wagt ein offenes Wort hierüber, doch ein jeder erfreut sich des Ausdrucks. Mit Wohlwollen vermerkt der Professor die Geschäftigkeit, mit der gemessen, gefangen und geschrieben wird. Doch alles kann zur Gewohnheit werden, und dann befällt den Menschen schnell eine zunehmende Trägheit: Die Sonne bescheint auch jenen ersten Tag mit gleicher Langmut, als Cornelia, Barbara, Bettina und Jörg sich bereits am Mittag auf den Bootssteg legen und bei Schokolade und Kaffee ihre Körper bräunen. So verständnisvoll und ruhig jener erste Tag vorüberstreicht, folgt auch der zweite und jeder weitere. Wer möchte da wagen zu bestreiten, daß die weiblichen Geschöpfe von Stunde zu Stunde größere Schönheit ausstrahlen, und zwar makellose, nahtlose Schönheit? Gleichfalls das eine oder andere männliche Geschöpf? Es gäbe da viel zu erforschen ... Doch erwächst hieraus auch Neid, wenn spätnachmittags drei vermummte Gestalten schweißdurchtränkt aus dem Wald auftauchen, ihre bläßlichen Leiber mit einem Bad im Fluß reinigen und erfrischen und dabei bereits zum vierten Male auf die Sonnenanbeter treffen: So unterschiedlich kann Forschung ausfallen! Der Ärger steht denn heute auch auf der

Tagesordnung, zumal der Professor nicht alleine der mahnende Kritiker zu sein begehrte. Doch die Anklage vermag mit Abstand betrachtet zu werden: Forschung bedarf eines präzisen Zeitplanes, das weiß ein jeder Studienanfänger! Und wenn sich der Forschungsgegenstand erst in den frühen Abendstunden zu aktivieren beginnt, dann muß sich der Wissenschaftler uneingeschränkt dem Rhythmus des Untersuchungsobjektes unterwerfen! Ja, unterwerfen!, hört der Professor die Angeklagten diesen Prozeß beschreiben. Wer ginge denn bei hellichtem Tage auf Fledermausbeobachtung? Ein Unwissender allein! Als dumm und töricht erscheinen die Vorwürfe in solchem Licht betrachtet; dumm und töricht müssen sich demnach auch die Mitglieder fühlen, die diese Vorwürfe vorgebracht haben. Kläglich endet diese Verhandlung für die Kläger: Der Genießer wahrt Abstand und gewinnt eine wahre Perspektive zum Geschehen! Bernd, Dirk und Thomas trösten sich mit ihrem wissenschaftlichen Erkenntnisgewinn, den sie in ihren Karten schwarz auf weiß betrachten können! Der Professor freut sich über die anderen, fleißigen. Eine leichte Verletztheit bleibt bei allen Betroffenen zurück, die sich nicht verflüchtigt nach dieser Unterredung: Es wird gesammelt für die nächste Attacke! Mosquito-Stiche heilen schneller!

„Wo ruderst du eigentlich hin?" „Ist doch egal, einfach so drauflos!" Thomas schaut Karen mißtrauisch ins Gesicht, bevor sein Augenmerk wieder unvermittelt auf ihre Brüste fällt. „Wie läuft eure Arbeit? Erzähl' mal was!" „Was gibt's da groß zu erzählen? Wir latschen halt jeden Tag in den Wald, vermessen die Abstände zwischen den Bäumen, registrieren die Stammdicke!" „Und weiter?" „Nix weiter! Das ist alles!" Karens Blick birgt irgendein Geheimnis. „Wollen wir nicht so langsam umkehren? Ich mein', da ist ja noch der Rückweg, und ich hab' versprochen, beim Kochen zu helfen!" „Tom, das hat noch Zeit! Wie geht's dir sonst? Was machen deine Beziehungen?" „Na ja, es geht so. Ich bin zufrieden. Sag' mal, Karen, weißt du überhaupt, wo wir hier sind?" „Klar, auf dem Eastside River, und zwar mittendrauf!" „Ah ja, ich mein' ja nur: Ich kenn' mich hier überhaupt nicht mehr aus, hier war ich noch nie!" „Macht nix!" Grübelnd schaut Thomas auf Karens braunes Haar, auf ihre Schenkel, auf ihr helles Schamhaar. Eine geraume Weile vergeht schweigend, bis er sich erhebt, einen Schritt auf Karen zugeht und sie an den Schultern faßt. „Du, Tom, was ist denn? Was hast du?" Sie hat gerade noch Zeit, die Ruder ins Innere gleiten zu lassen, bis Thomas mit seinen Händen an ihren Hüften entlang gleitet und eine ihrer Brüste zu küssen beginnt. „Oh, Tom ...! Du, ich glaub', das ist ein Mißver-„ Sie kann den Satz nicht mehr vollenden, seine Lippen glühen bereits auf ihrem Mund. Karen rutscht auf den Boden des Kanus. Schon spürt sie seinen Körper schwer auf sich ruhen; das Kanu pendelt bedrohlich hin und her. Bei der folgenden Atempause ringt sie nochmals nach Worten, doch im nächsten Kuß trinkt sie bereits von der Urlust des Lebens und greift mit der Hand in sein weiches Haar. Ihre Schamhaare verspüren etwas Festes, Drängendes. Weich und weit öffnet sie sich, und sanft dringt er in sie ein. Den leisen Rhythmus der Wellen verstärkend, schwingen beide in einer wunderbaren Erregung ... Als er sich später zur Seite dreht, folgt das Kanu seiner Bewegung und kippt die Gäste unvermittelt ins Wasser. Und erneut spüren beide ihre Erregung, ihre Verzückung durch das kalte, nasse Element! Ihre entladenen Häute spannen sich wieder; er streichelt von hinten ihre Brüste, bevor er Karen auf seine Schultern setzt und ins Boot hebt. Mit Mühe gelangt auch er wieder ins Innere, nachdem er die Ruder eingefangen hat. Außer Atem, lachen beide laut auf, als sie sich anschauen. Karens blaue Augen leuchten ihn an. Und er spürt, daß das alles nicht geplant gewesen war; daß sie beschenkt worden sind von dieser Stunde, ohne daß er es versteht.

„Happy birthday to you, happy birthday to you ...″ „Oh, das ist ja toll! Daß ihr daran gedacht habt! Und ein echter Bananenkuchen, Spitze! Vielen Dank!″ Thomas strahlt. Er wird überhäuft mit Küssen und Umarmungen. „Ich dank' euch allen herzlich! Ich schlage vor, daß wir den Kuchen heut' nachmittag anschneiden!″ „Für den Abend haben wir Sekt kaltgestellt!″ „Sekt mitten in der Wildnis? Ihr seid echt super! Wie habt ihr das alles so toll hingekriegt?″ „Na ja, fürs Kuchenbacken haben wir uns schon was Besonderes einfallen lassen müssen!″ entgegnet Barbara, „für deine Ablenkung gestern nachmittag war Karen zuständig!″ Thomas spürt eine heftige Rührung in sich, er schaut Karen in die Augen, die verlegen glänzen. Eine verhaltene Scham macht seine Wangen glühend. Zögerlich tritt er auf sie zu, schaut in das Meeresblau ihrer Augen und ringt nach einem ersten Wort. „Du, Karen, ..." Sie legt den Zeigefinger auf seinen Mund und schenkt ihm danach einen Kuß. „Das war mein spezielles Geburtstagsgeschenk für dich!" flüstert sie ihm zu. Nun spürt er ihre heftige Umarmung. Allein Cornelia vermerkt diese Regung, während die anderen ihren Geschäften nachgehen. Im nächsten Augenblick lassen sie einander los, geht Thomas gedankenversunken nach draußen, wo er auf Bernd und Dirk trifft, die sich für die Tagesarbeit gerade einmummen. „Hab' ich eigentlich heut' frei?" fragt er lachend. „Das ist deine Sache, Tom!" erwidert Dirk. „Erst die Arbeit, dann das Fest!" meint Thomas, holt seinen Imkerhut, die Cordjacke sowie das Halstuch und packt sich damit ein. Bald darauf befinden sich die drei Forscher auf ihrem Weg zum Kartierungsgelände. Die Mosquitos sind heute morgen besonders zahlreich und aufdringlich: Thomas sieht Schwärme vor seinem geschützten Gesicht tanzen. Ihn überkommt eine ungekannte, leise Unruhe, etwas Außergewöhnliches wahrzunehmen. Im gewohnten Gang marschieren die Drei hintereinander, er in der Mitte. Wieder taucht in ihm die Erinnerung an das Geschehen am

gestrigen Nachmittag auf, dieses ach so beglücken-
de Mißverständnis! Hart spürt er seine Nase gegen
Dirks Kopf schlagen, der unvermittelt innegehalten
hat. Benommen weicht Thomas einen Schritt zurück: Etwa zehn Schritte vor Dirk steht ein schwarzes Ungetüm! Plötzlich spürt Thomas das Herz im
Halse schlagen. Konzentriert schaut das Tier auf
die Eindringlinge. „Was jetzt?" flüstert Bernd. Der
Bär führt mit seiner gesamten Körpermasse leichte
Pendelbewegungen aus. Die drei Forscher starren
gebannt auf das Tier. „Ganz ruhig verhalten! Wir
ziehen uns langsam zurück!" flüstert Dirk. Bernd
wagt sich kaum umzudrehen, während er die ersten Schritte vom Tier weg setzt. Dirk tut das gleiche. Doch Thomas verspürt plötzlich eine Hem-
mung, zurückzuweichen. Er ist berührt von der
Anmut des Tieres, er blickt in die wachen, glänzenden Augen des Bären, er nimmt dessen weiches,
gepflegtes Fell wahr, er fühlt eine tiefe Verbundenheit mit diesem Lebewesen! Der Bär hat seine Pendelbewegungen unterbrochen, ganz ruhig erwidert
er diese Achtsamkeit. Leise vernimmt Thomas ein
Brummen, er entdeckt das tiefe Einverständnis mit
der Natur dieses Tieres. Dirk zerrt an seiner Jacke,
sucht ihn zurückzuziehen, doch Thomas verharrt:

Er vermag der Schönheit nicht zu weichen! Und es geschieht etwas Unerwartetes: Zu gleicher Zeit wenden sich sowohl der Bär als auch Thomas voneinander ab, zu gleicher Zeit entfernen sie sich voneinander! Erstaunt folgen Dirk und Bernd Thomas hinterher. Nach einer Weile erst wagen sie ein erstes Wort: „Wie hast du das gemacht?" fragt Dirk. „Gemacht hab' ich gar nix! Ich habe bloß bewundert!" Unter den Teilnehmern löst die Schilderung ihres Erlebnisses Angst und Besorgnis aus. Nachdem Professor Merkhofer von seiner Tagesexkursion mit dem Motorboot zurückgekehrt und in Kenntnis gesetzt worden ist, gründet er sogleich einen Krisenstab, der Sicherheitsvorkehrungen ausarbeiten soll. Der anschließende Geburtstagstee läßt jedoch ein Großteil der Phantasien und Ängste sich wieder verflüchtigen, so daß am Ende des Tages den andern nicht viel mehr als eine Anekdote in ihrem Gedächtnis haften bleibt.

Heftig peitscht der Regen auf das Wasser. Böiger Wind wirbelt die Tropfen durcheinander. Die Baumkronen neigen sich zur Seite. Im Gebälk der Hütte hat der Sturm zu heulen begonnen. Die Streifenhörnchen suchen unter dem Holzhaus Schutz vor dem Unwetter. Soeben betreten zwei in gelbe und grüne Plastikjacken gehüllte Gestalten die Veranda: es sind Professor Merkhofer und Stefan, die mit Eimern von Zeit zu Zeit das Regenwasser aus dem Motorboot schöpfen. Die Plätze sind alle belegt mit feuchten Kleidern, Büchern und Zeitschriften. In der hinteren Ecke der Veranda steht ein kleiner, runder Tisch mit zwei Mikroskopen darauf, daneben Plastikflaschen, Pipetten und Watte. Im Aufenthaltsraum stehen offene Rucksäcke herum, auch hier sind alle Plätze von lesenden oder diskutierenden Mitarbeitern besetzt. Drunten, am Ufer, steht das Zelt in einer Wasserlache, auch hier ist kein Unterkommen mehr. Seit zwei Tagen regnet es schon, seit zwei Tagen und Nächten fällt Wasser vom Himmel. Alle Freilandarbeiten sind eingestellt, die Forscher hocken verdrossen in diesem selbstgewählten Exil eng beieinander. Die Stimmung ist bedrückend und spannungsgeladen, selbst ein Schwarzbär würde hier Reißaus nehmen! Doch jener wurde seither nicht mehr gesehen. Ein nächstes Wort, eine falschverstandene Geste können die Entladung auslösen! Am Vormittag ist es der ungewaschene Topf neben dem Herd gewesen, der zur Auseinandersetzung geführt hatte. Die Gruppenbildungen innerhalb der Gemeinschaft wechseln, ebenso wie es die Intensität der Wortgefechte tut. Unvermittelt springt jetzt Cornelia auf, greift nach ihrer Regenjacke und stürzt auf die Veranda. „Ich muß hier ‚raus, das ist ja zum Verrücktwerden!" ruft sie aus. Sie schnürt ihre Sportschuhe, knöpft ihre orangefarbene Jacke zu und reißt die Eingangstür auf. Laut schlägt die Tür zu. Thomas schaut ihr nach, sieht sie bis zum Steg gehen und dann den Weg entlang des Flusses stromaufwärts einschlagen. Ihn erfaßt ein anderes Verlangen. Er entkleidet sich bis auf die Badehose und verläßt barfuß das Haus. Unten, auf dem Steg, legt er auch diese ab und steigt ins kalte Wasser. Nach ein paar kräftigen Zügen kehrt Wärme in seinen Körper zurück. Nun fühlt er sich frei und berauscht von den niederprasselnden Regentropfen, er schwimmt dem Wind entgegen und spürt den Regen hart im Gesicht. Zu sehen ist nichts als Wasser in Grautönen, bisweilen aufgehellt vom Schatten einer Wolke. Thomas krault ein Stück stromaufwärts. Leicht ist in diesem Regenvorhang die Orientierung verloren!, denkt er. Doch zur Linken entdeckt er einen orangefarbenen Punkt, das muß Cornelia sein! Der Punkt rückt näher, sie scheint stehengeblieben zu sein. Thomas ruft und winkt. Sie winkt zurück. Er schwimmt nun ein Stück weit dem Ufer zu und nimmt Bewegungen wahr. Kurz sieht er durch den Regen hindurch Cornelias nackten Körper, dann entdeckt er sie bereits im Wasser plantschen. Kurz darauf sind sie beisammen. „Das ist toll!" ruft sie aus. Wärmend halten sie ihre Leiber gegeneinander gepreßt, leicht gleiten seine Hände über ihre Haut. Das kalte Wasser erregt ihn auf eigene Weise. Unwillkürlich klammert sie mit ihren Schenkeln und Waden, unwillkürlich wächst beider Erregung, hier draußen im strömenden Regen! Später schwimmen beide ans Ufer zurück und wandern zur Hütte.

„Ich glaub', mich tritt ein Pferd! Das ist doch nie und nimmer unser Trampelpfad!" „Ich will ja nix sagen, Bernd, aber mir scheint auch, als hätten wir uns tüchtig verlaufen!" „Wartet erst mal ab! Hier ‚lang geht's weiter!" „O. k.!" Mit heftigen Hieben zerteilt Bernd das Dickicht. Schritt für Schritt kämpft er den Weg frei, der schwerlich noch vorhanden ist. „Wir sind jetzt mehr als ‚ne dreiviertel Stunde unterwegs, wir müßten doch längst da sein!" mahnt Thomas. „Laß mal, Tom, der Bernd weiß schon, wo er hin will! Ich laß mich jetzt einfach überraschen!" Das Sonnenlicht wird vom Blätterdach immer stärker zurückgehalten, so daß die Gewächse am Boden nur spärlich zu erkennen sind. Bernd bleibt stehen und wendet seinen Blick nach allen Seiten. „Ich geb' zu, wir haben uns verlaufen!" „Also den ganzen Weg zurück, marsch, marsch!" „Was haltet ihr davon: Wenn wir nun mal schon so weit drinnen sind im Urwald, daß wir einfach weiterlaufen und die Arbeit morgen nachholen? Im Grunde genommen kann uns doch gar nix passieren! Irgendwann erreichen wir das Ufer; dann wissen wir, wo wir sind!" „Gute Idee, Dirk! Einen Erkundungsgang wollten wir sowieso schon immer mal machen!" „Gut!" Bernd setzt sich wieder in Bewegung, und die drei Pioniere dringen tiefer in den Wald ein. Thomas fallen einige, ihm unbekannte Blattarten der Bäume auf. Und wärmer ist die Luft geworden. Die Freunde kommen nur mühsam voran. Bisweilen müssen sie ihrem Weg in weiten Bögen folgen, um in der gewählten Richtung weiterzuwandern, weil die Sträucher keinen Durchlaß gewähren. Schweißperlen stehen allen auf der Stirn, die Kleider kleben am Leib fest. Doch gibt es hier auch weitaus weniger Mosquitos, so daß einer nach dem anderen wagt, den Kopfschutz abzunehmen und sein Gesicht zu trocknen. „Puh, ist das heiß hier drinnen!" „Und vor allen Dingen feucht!" „Ganz schön groß die Insel!" „Ich hoffe nur, daß wir nicht im Kreis gehen, sonst ist das alles zwecklos!" „Dann müßten wir doch unsere Spuren wiederfinden, Dirk!" „Da hast du auch wieder recht!" Keiner wagt eine Schätzung, wie viele Kilometer sie bisher gelaufen sind. Der Marsch geht weiter, immer weiter in diesem grünen Haus. Und es stellt sich ein Trott ein; zunehmende Erschöpfung vermindert die Wahrnehmung, ein jeder setzt Fuß vor Fuß, ohne nach Anzeichen des nahenden Ufers zu suchen. Überrascht sind denn auch alle drei, als vor ihnen ein Felsmassiv auftaucht. Sie treten bis an den Fuß der Erhebung heran. „Ich schätze, wir haben den Zipfel der Insel erreicht, da, wo die Felsen über das Wasser ragen!" „Möglich." „Und wie geht's jetzt weiter?" „Ich sehe zwei Möglichkeiten: Entweder wir steigen hier hinauf und wandern bis zum Kap, oder wir wandern entlang dem Gebirgsfuß, bis wir ein Ufer erreichen!" „Da hoch bringen mich keine zehn Pferde! Schau dir die Vorsprünge an! Wir haben weder Seile noch Kletterschuhe!" „Also bleibt nur Möglichkeit zwei!"

„Vorher setz' ich mich aber noch mal hin!" „Also gut, machen wir Mittagspause!" Die drei Wanderer lassen sich auf einem der kaum bewachsenen Felsbrocken nieder, holen Getränkeflaschen und Schokolade aus dem Rucksack und stärken sich. Thomas erhebt sich und geht auf eine Felsspalte zu, die vom Schatten bedeckt ist. In der Stille ist sein Rinnsal deutlich zu hören. Längst ist es wieder ruhig geworden, ohne daß Thomas wieder aufgetaucht wäre. „He, Leute, kommt mal her!" hören sie ihn rufen, „ich glaub', ich hab' 'ne Höhle entdeckt!" „Haste dem Bären schon die Klaue geschüttelt, oder wie?" scherzt Dirk, als sie im Halbdunkel der Spalte auf Thomas treffen. „Hat von euch jemand Feuer?" Bernd greift in seine Hosentasche und zückt ein elektrisches Feuerzeug. „Besser als gar nix! Also gehst du vor!" Bernd zündet die Flamme an und tritt hinein ins Dunkel. Hinter der mannshohen Spalte öffnet sich ein Raum, dessen Wände von der Flamme nicht mehr erreicht werden. So folgen die Drei dem Licht des Feuers, mit wenig Sicht auf das Kommende. „Laßt uns umkehren! Mir wird das zu unheimlich!" flüstert Thomas. „Ach was, den Ausgang finden wir allemal!" Der Geruch des Höhleninnern erscheint modrig. Als angenehm empfindet Thomas die Kühle. „Au, verflucht!" ruft Bernd aus, indem er innehält. „Ich bin an irgendeinen Stein gestoßen! Paßt auf!" „Laß mal sehen! Du, das ist ‚ne Kiste!" Als nun Bernd die Flamme nahe dem Boden hält, erkennen die Freunde wahrhaftig eine alte Holzkiste, etwa kniehoch und fünf Fuß lang, zwei Fuß breit. „Ist ja Wahnsinn!" „Außer einer Ratte oder rostigem Werkzeug dürfte kaum irgendwas hineingelangt sein!" beschwichtigt Bernd. „Laßt mal sehen!" Er umleuchtet mit dem Feuerzeug alle Seiten der Kiste, bis er ein Vorhängeschloß entdeckt. „Die Ratte hat sich selbst eingesperrt!" scherzt Dirk. Bernd zerrt an dem Schloß, doch es scheint verriegelt. „Und nun?" „Wir brauchen Werkzeug, um das hier aufzukriegen! Auf alle Fälle schauen wir da mal ‚rein!" Von ihrem Fund entfesselt, kehren die Freunde unversehens ans Tageslicht zurück. „Jetzt heißt es den weiteren Weg markieren, damit wir die Höhle wiederfinden." „Versprich dir nicht zuviel, Tom, was die rostige Kiste angeht! Es sieht eher wie eine Mülldeponie aus dem letzten Jahrhundert aus!" „Eine verschlossene Mülldeponie?" „Ja, mit Sondermüll!" merkt Dirk an. Während ihres weiteren Marsches knickt Thomas bewußt Äste an, ohne sie abzutrennen.

Schließlich kennt er diese Markierungsweise aus seinen Abenteuerbüchern! Und tatsächlich erreichen die Forscher nach einer weiteren Weile das Ufer der Insel an jener Stelle, wo in einer kleinen Bucht Kieselsteine einen Geröllstrand bilden. Erleichtert treten sie ihren Rückweg entlang des Flußufers an.

„Erst habt ihr einen Bären gesehen, dann einen Schatz gefunden, und was kommt als nächstes? Ich möcht' mal wissen, was ihr so den ganzen Tag über im Wald treibt!" Bettina drückt ihre Zigarettenkippe auf der Untertasse aus. „Ich glaub', mein Schwein pfeift! Mir könnt ihr viel erzählen! Schafft erst mal den Schwarzbären und die Kiste hierher, bevor ihr die Geschichte vom Elefanten erzählt!" „Das ist typisch Tina: mißtrauisch bis zum letzten!" entgegnet Dirk lächelnd. „Na ja, 'ne Kiste kann ja nicht weglaufen, die ist ja einfach wiederzufinden," wirft Cornelia mit ruhiger Stimme ein. „Mit dem Wiederfinden ist das so 'ne Sache, Nele! Der Wald ist ganz schön unübersichtlich da drinnen!" gibt Bernd zu bedenken. „Siehste, Nele, das sind alles Hirngespinste! Sie machen schon wieder 'nen Rückzieher!" „Die Höhle finde ich in jedem Fall wieder!" betont Thomas. „Ich hab' schließlich den Weg markiert!" „Am besten wäre es, mit dem Kanu bis zur Geröllbucht zu fahren und von dort aus loszumarschieren!" „Ja, mehr als ‚ne Stunde Fußweg war es von dort aus nicht mehr!" „Wartet erst mal ab, was der liebe Werner dazu sagt. Der wird euch was erzählen, von wegen Schatzsuche! Ihr seid hier, um wissenschaftlich zu forschen!" „Du mußt einem immer gleich den Spaß verderben, Tina!" „Ich sicherlich nicht, das macht Merkhofer persönlich!" „Hallo, da komme ich ja gerade richtig! Was gibt es denn?" Der Professor schließt die Verandatür, zieht seine Hausschuhe an und setzt sich mit an den Tisch. „Die Drei haben einen Schatz entdeckt!" „Langsam, Tina, wir haben von einer Kiste gesprochen, in der möglicherweise was Interessantes drin sein könnte!" korrigiert Bernd. „Und wo steht diese seltsame Kiste?" „In der Nähe vom Südkap, da, wo die kleine Bucht ist!" „Ich schlage vor, daß Sie einfach mal in die Kiste ‚reinschauen, bevor wir hier unsere Zeit mit Spekulieren verschwenden!" „Genau! Wir sägen das Schloß durch, dann wissen wir mehr!" „Haben wir denn ‚ne Metallsäge mit an Bord?" „Da müssen Sie unten im Motorboot nachsehen. In der blauen Box liegt das Werkzeug." „Das rostige, alte Schloß kriegen wir doch auch mit ‚nem Hammer kaputt!" „Mag sein, Dirk! Wir nehmen alles mit, was wir haben! Wer hat Lust, noch mitzukommen?" fragt Bernd in die Runde. „Ich fahr' mit!" sagt Barbara. „Ich auch!" entscheidet sich Lars. „Gut! Dann nehmen wir zwei Kanus!" „Vergessen Sie Ihre Arbeit im Wald nicht!" mahnt Professor Merkhofer. „Klar! Wann fahren wir los?" „Am besten morgen, gleich nach dem Frühstück!" „Gut!"

Es ist Nacht. Auf dem Fluß schwimmt ein voller Mond. Samtschwarz stehen die Wälder am anderen Ufer. Im Fluß spiegelt sich Mondglanz auf den Wellen. Der Himmel ist klar, enzianblau am Horizont, tintenblau darüber. Ein beständiger Wind verweht heute alle Stechfliegen, die Luft ist klar und rein. Nicole und Stefan haben nochmals das Boot leergeschöpft, bevor sie sich in die Hütte zurückgezogen haben. Die Rufe der Nachtvögel gleiten über die Wellen herüber, ansonsten steht Stille zwischen den Bäumen. Auch das Zelt schläft, die Paarungen sind vollzogen. Auf dem Stein, nah beim Ufer, sitzt Karen. Die Hände nach hinten gestützt, reichen ihre Beine gestreckt bis ans Wasser. Berührt von der Stille, der Klarheit, der Farbe, dem Duft der Nacht, trägt der Strom ihre Gedanken heran und nimmt sie auch wieder mit sich fort. Was also ist bedeutsam an diesem Abend? Warum sitzt sie jetzt hier, wozu dieses Lernen? Sind denn die Fragen nicht oft wichtiger als die Antworten? Wie reich sie dann ist! Reich an Fragen, reich an Unwissenheit, reich an Offenheit! So könnte auch alles erschaffen sein! Sie lächelt bei diesem Gedanken. Wenn es aber doch auf die Antworten ankäme: Was bliebe ihr dann? Allein diese Verrücktheiten, die sie erlebt: der Nachmittag mit Tom; die Mitfahrgelegenheit zu dieser Exkursion; der Job an der Universität ... Alles Zufälle und Mißverständnisse, die sie glücklich machen! Weshalb kann sie das nicht auch alles planen, sich zurechtlegen; sich das alles aufbauen, übersichtlich, nachvollziehbar für andere, einfach protokollfreundlich? Das ist es: Warum verläuft ihr Leben so wenig protokollierbar? Tom, Stefan, Nele, Lars, Bernd: Alle machen ihr Studium gezielt, entschlossen, fleißig und strebsam, und so ist auch ihr übriges Leben, höchstwahrscheinlich! Dieses Bewußtsein kann aber auch töten. Fragt denn der Fluß morgen noch nach diesem Ufer, nach ihrem Antlitz, oder nach dieser Nacht? Morgen wird diese Welle in ein Meer gelangt sein, und dann wird sie Welle dieses Meeres sein, bis ein heißer Sommernachmittag sie in die Lüfte hebt, wo sie als Wolke schweben wird! Ist diese Welle jemals unglücklich? Oder glücklich? Sie ist; und mehr braucht sie nicht zu sein. Sie verwandelt sich, und mehr braucht sie nicht zu können. Da zu sein und sich wandeln zu können: Das ist ihr doch sehr vertraut, dabei fühlt sie sich wohl. Karen streicht mit ihrer Hand über das weiche Moospolster neben dem Stein. Wenn das genügte: Ja, dann wäre sie lebendig und wohlhabend. Immer den Sinn rechtfertigen zu müssen für alles Leben, für ihr Studium: Da ist doch etwas Krankhaftes daran. Und wenn es nur um dieses Augenblickes willen stattfinden würde, ihr gesamtes Studium: Wäre es dann Verschwendung gewesen? Oder Schmarotzertum gegenüber der Gesellschaft? Es taucht da eine leise Ahnung in ihr auf. Es erwächst da ein zärtliches Gefühl in ihr, welches der Mond stärkend beatmet. Und nun ist die Welle angekommen mit diesem Gedanken, dieser Regung: Es geht gar nicht um dieses Protokollierbare in ihrem Leben; es geht gar nicht um diese wissenschaftliche Vernunft in ihrem Dasein! Es geht darum, daß sie hier draußen sitzt in dieser Nacht; es geht darum, daß sie das alles als schön empfinden kann; es geht darum, daß sie diese wunderbare Natur wahrzunehmen vermag; und es geht auch darum, daß sie sich nicht vergewaltigt gefühlt hat von Thomas, sondern beschenkt! Denn eines weiß sie, hat sie beiläufig bemerkt, ist ihr wesensmäßig vertraut: Die da so zielstrebig forschen, nehmen Schönheit gar nicht wahr; die da so gelehrig ihre Meßergebnisse vor anderen dozieren, wissen gar nicht, wo sie hinschauen sollen im Angesicht einer entkleideten Frau; die da so unentwegt arbeiten, geben sich gar nicht die Zeit, eine Nacht hier draußen zu verbringen! Sie verspürt einen leisen Einwand, es meldet sich in ihr eine leichte Welle und trägt in ihr Bewußtsein: Thomas ist da noch anders, er hat von beidem, und das fühlt sich gut an: er arbeitet konzentriert mit den anderen tagsüber im Wald und weiß dennoch die Abende zu genießen! Er nimmt an jeder Diskussion über ökologische Modelle und physikalische Meßmethoden teil und vermag dennoch ihre Brüste zärtlich zu streicheln! Ja, ihm fällt das Lernen aus Büchern so leicht wie das Küssen! Vielleicht ist es so: Von allem in sich annehmen zu lernen. Den Schatz an eigenen Fähigkeiten sich größer vorzustellen als denjenigen Teil, den man bereits kennt! Karen erinnert sich: Sie weiß das vom Malen. Es sind noch keine vier Wochen vergangen, seitdem sie ihr Talent hierin entdeckt hat! Karen erhebt sich und legt sich der Länge nach auf den Moosrasen neben dem Stein. Und wieder sieht die Welt gänzlich anders aus: Ein Nachthimmel voller Sterne spannt sich über ihrem Auge. Was mag es dort oben alles zu entdecken geben ...

Mit einem leichten Ruck laufen die Kanus auf dem Strand fest. Die Ersten springen auf die Kieselsteine und halten die Boote fest, bis alle anderen ausgestiegen sind. Alles Gepäck ist auf fünf Rucksäcke verteilt worden. Die Kanus werden ein Stück weiter an Land gezogen und umgedreht. Die kleine Expedition setzt sich nun in Bewegung: Dirk übernimmt die Führung, während Thomas als letzter die Nachhut bildet. In hellem Grün leuchten die Blätter am ufernahen Abschnitt des Weges. Vereinzelt gelangen Sonnenstrahlen bis zum Erdboden. Weiter im Innern dunkelt sich der Wald selbst ein, sind die Markierungen kaum erkennbar. Langsamer ist das Tempo der Wanderer geworden trotz aller Neugierde. Über Nacht scheint der Urwald den frisch geschlagenen Fußpfad wieder verschlossen zu haben, und Dirk ist auf die angeknickten Äste angewiesen, um die Route wiederzufinden. Schweigend marschieren die fünf Studenten auf ihr Ziel zu. Dirk hält plötzlich an. Vor einer unscheinbaren Gabelung im Gestrüpp stehend, sucht er nach der Markierung. Thomas geht nach vorne und betrachtet mit scharfem Auge die Sträucher. Er geht einige Schritte weiter, dreht wieder um, betritt den anderen Pfad. „Hier geht's ‚lang!" Er zeigt auf den abgeknickten Zweig, läßt die anderen weiterziehen und setzt sich wiederum ans Ende der Truppe. Weiter geht der Marsch, weiter ins grüne Dickicht hinein. Erleichtert entdeckt Dirk endlich das Felsmassiv. Ein Aufatmen ist zu spüren. Alle Rucksäcke werden abgestellt, die Taschenlampen ausgepackt und ein letztes Mal geprüft. Bernd reicht seine Feldflasche mit Wasser rund. „Eines ist sicher: Der Rückweg wird leichter zu finden sein!" „Weshalb, Tom?" „Ich hab' ‚ne Schnur gelegt vom Strand bis hierher!" „Du bist ja echt noch schlauer, als ich dachte!" entgegnet Dirk. „Doch nun hinein ins Abenteuer!" ruft Thomas aus. Die Strahlen der Taschenlampen geben heute die Größe der Höhle preis: Gut zwei Mann hoch ist das Gewölbe in der

Mitte, die Breite erstreckt sich auf etwa zwanzig Schritte. Die Kiste steht im vorderen Eingangsbereich; dahinter öffnet sich ein hallenähnlicher Raum, dessen Ende nicht auszumachen ist. „Das ist ja interessanter, als ich dachte!" meint Dirk halblaut, wobei sein Echo lange widerhallt. „Was meint ihr? Gehen wir erst weiter oder bergen wir die Kiste?" „Ich bin dafür, die Kiste ans Tageslicht zu befördern." Es herrscht stilles Einverständnis. Während Barbara die Taschenlampe hält, machen sich Bernd, Dirk, Lars und Thomas an der Kiste zu schaffen. Schließlich schleppen sie sie unter großer Anstrengung ins Freie. Dirks Versuch, das Schloß mit einem Hammer zu sprengen, schlägt fehl. Als nächstes kippen die Freunde die Kiste zur Seite und beginnen, den Schloßbügel durchzusägen. „Besonders viel taugt die Säge nicht!" „Hauptsache, wir kriegen's durch!" Als das Schloß endlich in zwei Teile zerbricht, ist die Anspannung auf dem Höhepunkt. Lars und Dirk stellen die Kiste wieder auf die Unterseite. Bernd greift nach dem Deckel. „Festgerostet." Barbara reicht das Stemmeisen. Bernd und Lars hebeln den Deckel auf. Gebannt blicken die Freunde in das Innere. „Leer!" ruft Dirk enttäuscht aus. Thomas beugt sich von der Seite über die Kiste und entfernt ein ledriges, sprödes Tuch. Darunter befinden sich Papiere, Metallschilder und Angelhaken. „Merkwürdig: Viel ist das nicht! Warum schließt das jemand in eine Kiste ein?" fragt Lars in die Runde. „Seht mal, das sind alte Zeitungsausschnitte! Und Rechnungen oder Belege." „Und die Messingschilder sind beschriftet. Hier steht irgend etwas mit Howard's Company." „Und das hier ist ,ne Karte!" „Laß mal sehen!" Thomas faltet das Papier auf. „Na ja, ich würd' mal sagen, das ist nichts anderes als ,ne Karte von der Gegend hier! Seht, da ist unsere Insel, Elk Island. Daneben John's Island, hier unten die James Bay! Nix mit Schatz." „Du, wart' mal, Dirk, hier unten ist was angekreuzt: Howard's Company, steht da. Genau wie auf dem Schild! Also irgend etwas ist mit dieser Howard's Company!" „Meines Wissens war das ,ne Fischereigesellschaft, oder sie ist es sogar noch. Also mein Vorschlag lautet: Wir besuchen diese Insel hier unten an der James Bay. Dort wird sich das Geheimnis lüften!" „Glaubst du, daß Merkhofer das mitmacht? Wir haben heute schon ,nen ganzen Tag verloren." „Den fragen wir erst gar nicht! Das braucht der doch gar nicht zu wissen! Außerdem schaffen wir sowieso wie die Bekloppten!" „Da hast du allerdings recht, Tom!" „Das Zeugs nehmen wir mit, die Kiste stellen wir zurück." „O. k.!" Nachdem alle Fundsachen sorgfältig in den Rucksäcken verstaut sind, tragen die Forscher die leere Kiste an den Fundort zurück. Anschließend dringen sie ins Innere der Höhle ein weiteres Stück vor, ohne mehr zu entdecken als einige Fledermäuse, die oben im Gewölbe hängen. Ohne bis ans Ende gelangt zu sein, kehren die Fünf um.

Dunkel schwimmt der Ölfilm auf der Wasseroberfläche. Heftiger Regen prasselt nieder. Die Männer stehen hüfttief im Wasser und suchen das Motorboot zu halten: Allein dessen Windschutzverglasung ragt noch über die Oberfläche. Die Frauen schöpfen mit Plastikeimern – scheinbar vergebens – von der Wasseroberfläche über dem Boot ab und kippen das Wasser auf die Wasseroberfläche neben dem Boot. Professor Merkhofers panische Aufschreie sind einer stummen Geschäftigkeit gewichen, mit der alle Teilnehmer versuchen, das Motorboot zu heben. Endlich zeigt die konzertierte Aktion eine erste Wirkung: Vom Bootskörper ragen die ersten Zentimeter aus dem Fluß heraus.

Angespornt durch diesen Erfolg, schöpfen die Frauen schneller, stemmen die Männer stärker den Bootskörper nach oben. Der Regen läßt nicht nach. Es vergeht eine geraume Zeit, bis das kleine Schiff wieder manövrierfähig auf der Wasseroberfläche schwimmt. Mit vereinten Kräften ziehen die Teilnehmer das Boot an Land, soweit dies möglich ist: Das Hinterteil mit dem Motorblock verbleibt unter Wasser. Und immer noch Regen! Später dampfen die Kleidungsstücke in der Hütte und durchfeuchten den Raum. Jeder ist erschöpft, doch alle verbindet ein Gefühl gemeinsamen Erfolges. Die Spekulationen über mögliche Folgeschäden am Boot bieten für eine Weile Gesprächsstoff, doch schließlich kehrt Alltagsstimmung unter dieses Dach zurück, stehen gefüllte Thermoskannen mit Tee auf dem großen Tisch, gibt es zuckersüßen Orangensaft, verbleiben leere Kekspackungen in verschiedenen Ecken zurück. Die Teams sitzen wieder beieinander und diskutieren über die ersten Versuchsergebnisse. Dirk, Bernd und Thomas haben besonderen Gesprächsstoff und außergewöhnliche Untersuchungsgegenstände: sie studieren die in der Kiste gefundenen Drucke, Notizen und die Karte. Nach einem ersten neugierigen Interesse der anderen Forscher ist das gesamte Material zu ihnen zurückgelangt und für alltäglich erachtet worden. Auch Professor Merkhofer scheint dieses rasche Abflauen entgegengekommen zu sein: er sieht seine Forschungsaufgaben nicht mehr gefährdet durch mögliche Interessenverschiebungen! Und selbst der Regen tut hier ein übriges, indem er die Sonnenanbeter unweigerlich mit ihren ursprünglichen Aufgaben konfrontiert. Die Beschäftigung mit diesen Papieren seitens der Waldgruppe ist tolerierbar: schließlich wird dort so oder so fleißig gearbeitet! Deshalb sprechen die Drei nun auch ganz offen miteinander über ihr weiteres Vorhaben, die kleine Insel an der Mündung des Flusses zu besuchen. Und so wird beschlossen, die Hilfe des flußaufwärts lebenden Fallenstellers in Anspruch zu nehmen und sich von ihm beraten zu lassen, zumal sich dadurch ein triftiger Anlaß einer längst ersehnten, persönlichen Bekanntschaft gefunden hat. Dirk, Bernd und Thomas planen einen Besuch für den folgenden Tag ein – nach Verrichtung ihres Arbeitspensums im Wald.

Einige Hundert Fuß unterhalb der Nordspitze der Insel gelegen, befindet sich ein großer, freier Platz, der weiträumig von Gras bedeckt ist. In der Mitte steht ein holzbeplanktes Haus in leuchtend blauer Farbe mit einem hellgrau gestrichenen Dach. Hinter dem Haus steht mitten auf der Wiese ein Metallgestell mit Wurfkorb für Basketballspiele. Dazwischen wachsen auf einem Beet verschiedene Gemüsesorten und Salat. Vor dem Haus ragt ein Holzsteg wohl an die fünfzehn Schritte in den Eastside River hinein. Am Ufer liegen drei Kanus umgekippt auf dem Anhang, am Pflock ruht ein leichtes Aluminiumboot mit eingeklapptem Außenbordmotor. Eine Reihe eingepflanzter Birken grenzt das Anwesen gegen die Felsen und die urwüchsigen Wälder nordwärts ab. Soeben legt das Kanu am Steg nahe dem Ufer an, und Bernd, Dirk und Thomas steigen aus. Mit neugierigen Blicken betasten sie das Haus und seine Umgebung, bevor sie den Pfad zum Eingang betreten. Eine Frau von schlanker Gestalt, mit blondem, langem Haar öffnet ihnen die Tür. „Guten Tag! Was wünschen Sie?" „Wir gehören einer Forschungsgruppe an und wohnen in dem Haus flußabwärts! Wir würden gerne Ihren Mann sprechen." „Mein Name ist Janet Miller! Kommen Sie doch herein!" „Danke! Ich heiße Tom, das ist Dirk, und das ist Bernd!" Sie reichen Mrs.

Miller die Hand und folgen ihr ins Haus. Um den gemauerten Kamin herum erstreckt sich ein edel getäfeltes Zimmer mit einer Sitzecke nahe dem Fenster. Sie nehmen Platz. „Darf ich Ihnen etwas zu trinken anbieten?" „Vielen Dank! Aber wir möchten Sie nicht stören!" „Ja! Mein Mann ist augenblicklich unterwegs, aber ich kann ihm sagen, daß er Sie besucht nach dem Abendessen!" „Das wäre sehr nett!" Die Tür geht auf, und es tritt ein Mädchen von etwa elf Jahren ein. „Hallo, Mam!" „Hallo, Sarah! Das ist meine Tochter Sarah!" Verlegen glänzen ihre braunen Augen, als Sarah den Dreien die Hand reicht. „Susan und Jane sind noch in der Schule! – Was führt Sie eigentlich in unsere Gegend?" fragt Mrs. Miller höflich weiter. „Wir wollen Untersuchungen durchführen hier draußen in der Wildnis, zum Beispiel im Eastside River und in der Schilfzonenbucht." „Das ist sicherlich interessant. Clerk wird Ihnen da einiges zeigen können!" „Sagen Sie, wissen Sie vielleicht etwas über die kleine Insel nahe der James Bay?" „Sie meinen den verlassenen Ort da unten?" „Eine Station der Howard's Company!" „Ja, sicher! Das ist eine richtige Geisterstadt geworden! Die Company hatte dort einen ihrer Stützpunkte. Es gab da einen Skandal, die Firma schien pleite, niemand weiß so recht, warum! Der Stützpunkt mußte jedenfalls geschlossen werden, die Bewohner zogen fort. Zurückgeblieben sind verfallene Häuser und die verlassene Fabrik." „Eine Fabrik?" „Ja, die Howard's Company hatte dort eine Fabrik für Fischerei bauen lassen. Damit hatte der Skandal ja zu tun!" „Ah so!" „Mein Mann weiß da vielleicht mehr, mich hat das nicht weiter interessiert." „Und wie lange ist es her, seit das Dorf verlassen ist?" „Etwa fünf, sechs Jahre!" „Länger nicht?" Thomas ist erstaunt und enttäuscht zugleich. „Nun ja, mein Mann wird Sie auf jeden Fall besuchen kommen." „Das ist sehr nett! Wir brechen dann jetzt auf!" An der Tür verabschieden sich die Forscher. „Vielen Dank! Auf bald!" „Auf Wiedersehen!" Kurze Zeit später legt das Kanu ab. „Merkwürdig, das Ganze!" „Also vor fünf Jahren wurden jedenfalls keine Schätze mehr vergraben, das können wir uns abschminken!" „Das glaub' ich auch, Dirk!" „Die Frau finde ich übrigens sehr nett!" „Das stimmt, Tom! Dafür, daß sie das hier draußen aushält und kaum Leute zu Gesicht bekommt!" „Vielleicht gerade deshalb!" erwidert Thomas nachdenklich.

Laut lärmt der Außenbordmotor. Mit Vollgas gleitet das Boot über die Wellen, mit Bug und halber Kiellänge aus dem Wasser herausragend. Clerk Miller, ein Mann mit rundem, gebräuntem Gesicht, schwarzem, über eine Seite gelegtem, glattem Haar und rehbraunen Augen steuert das Ruder, während Dirk, Bernd, Barbara und Thomas auf den vorderen Sitzbänken Platz genommen haben. Weit spritzen die Wasserfontänen zur Seite, vor ihnen breitet sich ein klarer, blauer Himmelsplan aus. Das Wasser leuchtet dunkel und klar. Beeindruckt von der Landschaft, genießen die Freunde die Fahrt. Weit treten im Strömungsdelta des Flusses die Ufer zurück, immer häufiger fügen sich kleine Inselbänke aus Gestein dazwischen, die mit vereinzelten Pinien bewachsen sind. Alle Bäume weisen hier unten einseitswendige Kronen auf, die von der Stärke und Beständigkeit des vorherrschenden Windes künden. Und alle Felsen tragen die Zeichen ehemaliger Vergletscherung, jene Furchen und Rinnen, die wie mit dem Rechen über deren Oberfläche gezogen scheinen. Der Strom ist mittlerweile in verschiedene kleine Seitenarme geteilt, und Clerk steuert auf die breiteste, mittlere Fahrrinne zu. Und plötzlich erkennen die Mitreisenden, daß sich vor ihnen ein Gefälle auftut mit kleinen, aus dem Wasser herausragenden Blöcken. In diesen Stromschnellen scheint der Grund zum Greifen nah zu sein. Clerk manövriert mit Geschick und Routine das Motorboot zwischen den Untiefen hindurch und ändert hierbei mehrfach und abrupt die Fahrtrichtung. Als das Boot wieder in ebenes, tiefgründiges Gewässer gelangt, erstreckt sich am Horizont bereits unbegrenzt der Große See. Clerk steuert zunächst dieses freie Wasser an, wendet dort in großem Bogen und fährt auf die nun steuerbords gelegene, kleine Insel zu, auf der bereits die ersten Hausruinen zu sehen sind. Langsam manövriert er zwischen Holzbohlen hindurch zum selbstgewählten Anlegeplatz. „Sie müssen aufpassen: Die Holzböden brechen teilweise beim Betreten ein!" mahnt Clerk die vier Abenteurer. „Danke, Clerk!" „Ich komme dann so in etwa zwei Stunden wieder vorbei. Bis dann!" Clerk gibt Gas und fährt wieder in die James Bay, um Freunde zu besuchen. Die Pioniere sehen zunächst einen alten Holzschuppen vor sich, der vollkommen über dem Wasser errichtet ist und von einem Laufsteg umgrenzt wird, dessen Planken teilweise eingebrochen sind, teilweise fehlen. Hinter dem Schuppen beginnt festes Eiland.

Kieselgeröll deckt hier den nackten Boden. Dort ist die ehemalige Hauptstraße gelegen, hier reiht sich Hausruine an Hausruine. Alte Sessel und Schränke stehen verstreut herum, Zeichen ausgiebiger Plünderungen. Teilweise sind die Dächer eingestürzt, teilweise fehlen ganze Hauswände. Alles scheint beständig dem Wind und dem menschlichen Zerstörungsdrang ausgesetzt zu sein. Doch heute sind die vier Forscher offensichtlich die einzigen Gäste. Außer dem Heulen des Windes sind keine Geräusche zu vernehmen, während die Vier hier stehen. Neugierig schlendern Dirk, Barbara, Bernd und Thomas durch die Hauptstraße, werfen einen Blick in jede der Hausruinen, treten wieder ans Tageslicht und gelangen so ans Ende dieses Weges. Hier stehen die Türen eines größeren Lagergebäudes offen, dahinter erstreckt sich der See. „Das hier muß die Fabrik gewesen sein." Die Freunde treten langsam ein und blicken in einen finsteren Raum. Vor ihnen steht eine große Maschine, deren Metallteile unverwittert silbern aufglänzen. „Sieht noch völlig o. k. aus, das Ding!" Hinter einem zylinderähnlichen Trog erstreckt sich ein hoher Kessel tief in den schwarzen Raum hinein. „Northern Steel Company! Was mag mit der Maschine wohl produziert worden sein?" fragt Thomas in die Runde. „Ich vermute, Kälte! Das sieht mir wie ein Kühlaggregat für die Fischfänge aus!" „Gut möglich!" Bernd hebt einige Zettel vom Boden auf. „Das sind die gleichen, die wir auch in der Kiste gefunden haben!" „Stimmt! So ‚ne Art Lieferscheine.'" „Und was machen wir jetzt? Wir haben offensichtlich die Fischfabrik der Howard's Company gefunden. Ich seh' hier allerdings nichts Geheimnisvolles ‚rumstehen.'" „Ja, Dirk, sieht so aus! Laßt uns mal das Büro in näheren Augenschein nehmen." Bernd schaltet die Taschenlampe an und schiebt sich am Kühlkessel vorbei. Eine Tür verwehrt den Eintritt in den nächsten Raum. „Festgeklemmt!" Dirk holt mit dem Fuß aus und tritt mit voller Wucht gegen die Holztür. Berstend bricht sie ein. Und helles Licht fällt nun aus den Fenstern in die Halle. Nachdem Dirk die Holzsplitter beseitigt hat, treten die Freunde in das Kontor ein. Spinnweben und Staub decken alle Wände, Schreibtische und Stühle ein. „Hier sind wir wohl die Ersten seit langer Zeit!" „Wollt ihr etwa in dem Dreck da wühlen?" fragt Barbara. „Jetzt sind wir schon mal hier, da können wir auch überall ‚reinschauen! Außerdem haben wir Zeit!" „Viel Zeit!" bestätigt Bernd. Von acht Händen werden nun alle Schreibtischschubladen geöffnet und durchstöbert, werden die Hängeschränke geleert und Ordner durchblättert, werden Stuhlpolster aufgeschlitzt und Bodenplanken gehoben. Vergebens! Kein Hinweis wird gefunden! Enttäuscht verlassen die Vier das verwüstete Büro. „Fehlanzeige." „Ich glaube, wir sollten lieber wieder Bäume zählen, das können wir besser." „Das macht doch keinen Sinn:" überlegt Thomas laut weiter, „da wird ein Unternehmen wegen irgendeines Betrugs geschlossen, die Angestellten ziehen weg, und irgendein Bediensteter schleppt eine halbleere Kiste flußaufwärts, um sie in einer Höhle zu verstecken! In der Kiste hat er Jahresbilanzen, ein paar Souvenirs und diese Karte verwahrt. Aber weshalb? Was sollte nicht gefunden werden? Und von wem sollte dieses Etwas nicht gefunden werden?" „Das sind zu viele Variablen in einer Gleichung, Tom, zu viele Unbekannte!" „Wenn es um Geld gegangen ist, hat der Besitzer es mitgehen lassen. Wenn es um ein Verbrechen geht, dann muß die Antwort hier in dieser Halle zu finden sein!" „Was sollen wir uns um Verbrechen kümmern, wenn deshalb damals bereits die Fabrik geschlossen wurde? Das ist alles längst vergessen!" „Stimmt, Babsie! Laßt uns mal an die frische Luft geh'n, das bringt klare Gedanken!" Die Forscher kehren zurück auf die Straße und setzen sich auf einen Holzbalken. „Mir fällt hier draußen, ehrlich gesagt, auch nichts Klügeres ein, Dirk!" „War ja auch nicht zu erwarten gewesen. Vergessen wir das Ganze und genießen die frische Luft!" „He, schaut mal, da oben: Das muß ein Adler sein!" „Quatsch, was soll denn hier ein Adler?" „Doch, Dirk, Babsie hat recht! Das ist ein Seeadler! Hier, schau!" Bernd reicht das Fernglas weiter. „Phantastisch! Der kreist direkt über uns! Ganz schön riesig, das Viech!"

„Echt toll hier oben!" „Stimmt! Und wie klein das Blockhaus von hier aus wirkt!" „Ein ganz schönes Stück zu schwimmen bis hierher!" „Ja! Es macht mir aber wahnsinnig Spaß, das alles in der Natur machen zu können!" „Das ist wahr, Tom! Du, wollen wir uns die Insel ein bißchen näher ansehen?" „Klar!" Karen und Thomas erheben sich vom warmen Gestein und betreten einen kleinen Pfad, der zwischen Wald und bewachsenem Fels hindurchführt. Wacholdersträucher säumen den Weg neben vielerlei Flechtenarten und Moosen, die das Gestein bewachsen. Der Duft der Nadelöle würzt angenehm die heiße Luft. „Schau dir die Steine an: Alle sind besiedelt von Pflanzen!" „Ja! Und es sieht so aus, als sei John's Island mehr von Fels gestaltet als von humosen Böden!" „Dieses Hochplateau zieht immer weiter ins Innere." Nach einer Weile bleiben die Wanderer stehen und halten Ausschau. „Vom Bewuchs her vergleichbar mit Elk Island. Dieselben Flechten und Moose haben wir drüben kartiert." „Oh, ist das heiß!" ruft Karen aus und streift ihr schwarzes T-Shirt ab. Braun glänzt ihr Oberkörper in der Sonne, heben sich ihre Brustknospen in unscheinbarem Rosa ab. „Ist das eigentlich Verzierung oder echt?" fragt Thomas und greift nach den seitlichen Schlaufen von Karens Slip. „Probier's doch aus!" Er zieht leicht an den Schnüren, und ebenso leicht entgleiten die Schurze ihrem Körper. Karen tritt einen Schritt auf Thomas zu, schlingt ihre Arme um seinen Hals und küßt weich und zärtlich seine Lippen. Während er die Badehose abstreift, zieht sie ihn langsam mit sich auf den Boden, streckt sich dort der Länge nach auf dem Moospolster hin und empfängt sanfte Liebkosungen. Heiß glüht ihr Leib, und heißt glüht die Sonne auf seinem Rücken: Seine Lust perlt über bei dieser Hitze! Das rauhe Moos unter ihrem Rücken und seine weiche Haut auf ihren Brüsten vermehren auch ihre Lust. Fest klammert sie ihre Schenkel um seinen Po und läßt sich treiben ... Später wachen die Beiden auf und spüren ihre Rücken brennen: Thomas von der Glut der Sonne, Karen von der Rauheit der Unterlage. Hand in Hand schlendern sie zum Ufer zurück, unbekleidet, leicht und frei in dieser Natur. Gemeinsam schwimmen sie zu ihrer Insel, mit Wohlgelüsten die Kühle des Wassers spürend. Auf dem Steg glänzen ihre Häute von abperlenden Wassertropfen. Für eine Weile bleiben sie noch auf dem Steg sitzen, bis sich das Ufer von zurückkehrenden Teams füllt. Anschließend gehen die Beiden ins Haus und helfen bei der Zubereitung des Abendessens, das heute besonders gut gelingt.

Gleich einer schwimmenden Wiese leuchtet das Schilf von Ferne über dem Wasser; umschützen Laubbäume den grünen Rasen; fällt gleißend heller Sonnenschein vom Himmel. Lautlos gleitet das Kanu auf dem Fluß. Bisweilen nur tauchen Jörg und Nicole das Ruder ein. Barbara beobachtet mit dem Fernglas die Bucht, die reglos die Ankömmlinge zu erwarten scheint. Näher und näher treibt das Kanu auf die dicht bewachsene Zone zu. Und plötzlich erhebt sich, gleichsam aus dem grünen Meer auftauchend, mit weiten, sicheren Flügelschlägen der Vogel mit dem langen, leicht abwärts gekrümmten Schnabel. In der morgendlichen Sonne blendet sein weißgraues Federkleid die Augen der Besucher. In großem Bogen dem Boot ausweichend, gewinnt er rasch an Höhe und wählt seinen Weg zum offenen Strom hin. Andächtig verfolgen die Blicke der drei Forscher das seltene Tier, bis es als kaum sichtbarer Punkt am Horizont verschwindet. Mit kleinen Ruderbewegungen gelangen die Freunde in den dichten Schilfgürtel, wo sie farbig markierte Holzstäbe ansteuern, um dort Bodengefäße vom Flußgrund zu heben und deren Inhalt in Plastikflaschen zu füllen. Anschließend fischen sie mit einem Köcher in regelmäßigen Abständen Kleinlebewesen aus dem stehenden Gewässerteil und verfrachten diese ebenfalls in Flaschen. Als nächsten Arbeitsschritt halten sie an einer quadratmetergroßen, mit Schnüren oberhalb der Wasserlinie markierten Probefläche an, auf der sämtliche Schilfpflanzen entfernt worden sind. Jörg tastet mit beiden Händen unter Wasser nach neu wachsenden Pflänzchen – auch am heutigen Morgen ohne Erfolg. Im folgenden Untersuchungsschritt fahren die jungen Wissenschaftler entlang einer senkrecht zum Ufer gespannten Schnur und messen in regelmäßig markierten Abständen mit einem Senkblei die Bodentiefe. Alle Messungen werden sorgfältig protokolliert. Nicole und Barbara übernehmen den nächsten Teil des Programms, bei dem sie mit Streifnetzen oberhalb der Wasserlinie die Schilfblätter durchfahren und nach Fluginsekten absuchen. Jörg sichtet hernach die fünf Reusenfallen, die heute alle unbesetzt sind. Nun fahren die Drei mit dem Kanu dicht ans Ufer heran und suchen die aus dem Wasser ragenden Baumstämme nach Larven und erwachsenen Insekten ab. Jörg entnimmt hierbei von jedem Baum jeweils eine Rindenprobe unterhalb und oberhalb des Wasserspiegels. Zum Abschluß des Vormittagsprogramms steuern Jörg und Nicole das Kanu zu fünf ausgewählten, markierten, randständigen Punkten, von denen aus Barbara Photoaufnahmen vom Schilf macht. Danach gelangen sie wieder in das frei strömende Gewässer und fahren mit ihrer Ausbeute in Richtung Blockhaus. Als sie am Nordkap vorbeigelangen, erkennen sie oben auf dem Felsen Cornelia, Bettina und Karen sitzen. Sie binden das Kanu am Ufer fest und statten den Dreien einen Besuch ab. „Hallo! Wie geht's mit der Arbeit?" „Die Bodenfallen trocknen hier oben zu schnell aus! Wahrscheinlich vom Wind!" „Da müßt ihr eben einen Windschutz bauen!" meint Nicole. „Aber dann sind die Fallen für Tiere nicht mehr frei zugänglich. Das heißt im Klartext: Wir können die Formeln nicht verwenden, um die Populationsdichten auszurechnen!" „Stimmt, Nele! Ihr müßt einfach größere Mengen an Fangflüssigkeit verwenden!" „Ja, Jörg, das machen wir bereits! Aber du weißt, wie schnell Formol verdunstet!" „Jedenfalls habt ihr hier oben ‚ne schöne Aussicht!" stellt Barbara fest. „Ja! Und braun werden wir auch ganz schnell, egal, ob wir hier herumwerkeln oder ob wir uns in die Sonne setzen! Wie läuft's bei euch?" „Ganz gut! Es gibt viel Plankton zu bestimmen unterm Mikroskop!" „Du, das interessiert mich aber auch, Jörg. Da würde ich gerne mitmachen!" „Klar geht das, Karen! Wir haben genügend Proben gesammelt!" „Hat jemand Hunger? Hier gibt's noch Schokolade!" „Gerne! Bevor sie in der Sonne schmilzt." Gerecht wird die Tafel unter den sechs Freunden aufgeteilt. Später trennen sich die Gruppen wieder, um ihrer Arbeit nachzugehen.

„Ich glaub', mein Schwein pfeift! Das kommt überhaupt nicht in Frage, erst das Tier zu fangen, um es dann umzubringen!" „Langsam, Bettina, langsam! Sie haben kein Recht, zu entscheiden, was mit dem Tier geschieht! Clerk hat es für uns gefangen, und er hat mir zugesagt, es auch umzubringen für den Versuch!" „Das finde ich aber feige: Sie wollen mit dem toten Tier ein Experiment durchführen und lassen die Drecksarbeit jemand anderen erledigen!" Cornelias Augen glühen vor Wut. „Und was machen Sie, wenn Sie in irgend ein Restaurant essen gehen, oder wenn Sie Fleisch in einer Metzgerei kaufen? Das ist doch genau die gleiche Situation!" Professor Merkhofers Stimme klingt erregt. „Das macht für mich einen Sinn, weil ich ja etwas zum Leben brauch'! Aber ein Tier umzubringen, um es dann von Käfern auffressen zu lassen und das Ganze dann noch Experiment zu nennen, halte ich für sinnlos und überflüssig!" ruft Barbara aus. „Verstehen Sie mich nicht falsch!" entgegnet der Professor, „ich möchte auch jedes Leben schützen, wo ich es selbst entscheiden kann! Für mich macht es eben doch einen Sinn, einen Kadaver auszulegen und zu beobachten, in welchem Zeitraum die Leiche von der Natur selbst, also unter natürlichen

Bedingungen, beseitigt wird. Dafür verzichte ich gerne auf Gerichte wie Froschschenkel, Weinbergschnecken oder Gänsestopfleber!" „Also ich bezweifle einfach den naturwissenschaftlichen Nutzen des ganzen Vorhabens!" merkt Dirk an, „für mich stellt sich die Frage, was ich da exakt messen kann! Das ist doch alles sehr vage!" „Sie können beispielsweise die Zeit messen, bis die Hälfte des Kadavers aufgefressen worden ist!" „Dann kommt nachts ein Raubvogel und holt womöglich das ganze Tier!" „Man müßte einen Käfig überstülpen!" fällt Stefan ein. „Also um auf die Ausgangsfrage zurückzukommen: Ich bin dafür, das Tier wieder freizulassen!" erklärt Bettina. „Das dürfen Sie überhaupt nicht! Das Tier gehört Clerk! Außerdem richtet es in seinem Garten Schäden an! Er hätte es sowieso umgebracht!" „Hat er aber nicht! Und jetzt ist es da, und wenn es wieder frei ist, kann er es von mir aus neu einfangen und umbringen. Das ist dann seine Sache!" „Ich finde das Clerk gegenüber nicht ganz fair!" widerspricht Stefan. „Ich bin für Abstimmung!" ruft Cornelia. Draußen, vor der Veranda, sitzt in einer Holzkiste das Murmeltier ängstlich in einer Ecke. Ein Kuchenrost, beschwert mit einem Stein, verschließt die obere Öffnung. „Ich wünsche mir mehr Sachlichkeit in der Diskussion! Wir dürfen dieses Tier nicht freilassen! Es gehört uns nicht!" „Was für ein Blödsinn: Wem gehört das Tier? Wem gehören denn die Wale, die täglich abgeschlachtet werden? Wem gehören denn die Tropenbäume, die stündlich abgeholzt werden?" Bettina ist erregt aufgesprungen. „Ich laß' jetzt das Tier frei!" „Das werden Sie nicht tun! Ich warne Sie!" „Wie wär's denn", merkt nun Thomas an, „wenn wir das Tier am Leben ließen und Verhaltensbeobachtungen machten?" „Du hast vielleicht Ideen, Tom: Willste das Tier mit ins Bett nehmen, oder was? Oder willste das Tier die ganze Zeit in der Kiste hocken lassen und angaffen?" „Wir könnten es doch zähmen!" „Oh, Tom, ich glaub' nicht, daß das geht!" wendet Cornelia begütigend ein. „Es ist weg! Die Kiste ist leer!" sagt Lars ruhig, als er eintritt. Die Diskussionsteilnehmer, allen voran der Professor, stürzen nach draußen und starren auf die leere Kiste. Der Kuchenrost liegt obenauf, doch der Stein und das Tier sind weg. „Gott sei Dank!" flüstert Bettina erleichtert. „Wer war das? Wer hat den Stein weggenommen?" ruft Professor Merkhofer erzürnt in die Runde. „Keine Ahnung!" erwidert Lars ruhig und gelassen. „Als ich vorbeikam, war die Kiste leer!" „Ach, das Tier wird sich selbst befreit haben, so schwer war der Stein ja nicht!" „Das soll ich Ihnen glauben?" schreit der Professor. „Es hat gar keinen Zweck, sich jetzt noch aufzuregen!" sagt Bettina in ruhigem, erheitertem Ton. „Das Tier ist weg, und damit erübrigt sich jede weitere Diskussion!" „Das ist allerdings wahr, Tina!" meint auch Dirk.

Leicht folgt er dem Silberglanz des Flusses. Der Wind fließt gut, es genügt, die Handschwingen ein wenig nach unten zu stellen, und der Flug geschieht gleitend. Dicht an dicht ruhen dort unten die Baumkronen, ein gutes Versteck für ein Murmeltier oder ein Streifenhörnchen! Nebenkost, alles Nebenkost. Den Kopf nach rechts gewendet, erkennt er das Nest des Nachbarn, der bereits seine Jungen füttert. Den Blick nach vorne gerichtet, schaut sein Auge auf die Felsengruppe der Insel – und schaut auf die Störer, die seinen Aussichtsplatz besetzt halten. Er steuert leicht nach rechts und überfliegt die ihm so vertraute Futterstelle mit dem Schilfgürtel. Auch hier schwimmt immer noch der Kasten mit den Rivalen drinnen, die ihm an Größe und Zahl überlegen sind! Leer spürt er seinen Magen. Er schwenkt nach links ein und überquert das dicht besiedelte Holzhaus, wirft dabei einen Blick auf das Nest, das er nicht besuchen kann. Keine Frau ist erschienen in diesem Jahr, keine Jungen darf er füttern! Die Fische bleiben ihm verwehrt. Und hier gibt es auch keinen Platz mehr für ein anderes, neues Nest, hier meint eine Störung Verzicht! Er lenkt seinen Flug wieder dem Strom zu und folgt ihm bis zur Mündung. Auch auf dieser kahlen, kleinen, bretterbestandenen Insel gibt es wieder Eindringlinge. Es bleibt nur der große, offene See, um ein karges Frühstück einzunehmen; um einen dieser bleischweren, verkümmerten Fische in sich hineinzuwürgen! Dort unten schimmert ein lohnendes Futter unter dem Wasser hervor. Er zieht seine Flügel dicht an den Körper an und stürzt kopfabwärts nach unten. Mit großer Kraft schießt er in das dichte Luftkissen hinein und knallt hart auf der Wasseroberfläche auf. Seine Krallen spüren die Beute. Unter Aufbietung aller Muskelkraft hebt er seine schweren Schwingen über dem Wasser und führt lange, energiezehrende Aufschwünge aus. Der Fisch schlägt wild mit dem Schwanz, doch ist er gut eingehakt. Inzwischen hat er an Höhe gewonnen, hier werden ihm die Aufschläge leichter, die Gefahr durch einen Schuß schwindet. Der Fisch ist ruhig und schwer geworden, der Flug erfolgt gleichmäßig. Auf einem der hohen, nackten Felsen landet er mit seinem Futter und verzehrt dort den Fisch in großen Happen, dabei fortwährend nach den gefährlichen, schwarzen Stäben Ausschau haltend, die mit einem lauten Knall einem die Brust auseinanderreißen können. Einen Teil seiner Nahrung läßt er zurück, als er unten einen der Kästen sich nähern sieht. Rechtzeitig hebt er vom Felsen ab und steigt weit, weit empor – zum letzten Ort seiner Freiheit.

„Kommen Sie denn mit der Zeit aus?" „Die Kartierung wird auf jeden Fall fertig! Wir wollten gerne noch Belichtungsversuche machen! Ob wir das hinkriegen, kann ich schlecht beurteilen." „Wir werden in jedem Fall Photos machen, die wir eventuell zu Hause auswerten können!" „Vergessen Sie nicht, Blätter von den einzelnen Baumarten in der Pflanzenpresse mitzunehmen!" merkt Professor Merkhofer an. „Klar! Das ist schnell erledigt!" „Gut! Wie ich so feststelle, haben Sie größtenteils alle Ihr Pensum geschafft! Überlegen Sie nochmals gründlich, ob Sie alle Informationen vor Ort zusammengetragen haben, um zu Hause die Auswertung vornehmen zu können! Aus meiner Erfahrung heraus kann ich Ihnen mitteilen, daß es später sehr ärgerlich ist, wenn man feststellt, nur eine Kleinigkeit vergessen zu haben. Sie wissen, daß Sie so schnell nicht mehr hierherkommen werden, um irgendwelche Daten ergänzen zu können!" „Ich möchte einen Vorschlag machen!" „Schießen Sie los, Karen!" „Wir haben bisher fast die ganze Zeit damit verbracht, unsere Meßprogramme durchzuführen! Ich bin – offen gestanden – auch hierhergekommen, um das Land näher kennenzulernen! Von der Umgebung hab' ich bislang wenig gesehen!" „Das ließ sich nicht vermeiden!" „Deshalb möchte ich vorschlagen, die zwei letzten Tage freizuhalten für Tagesexkursionen, bei denen wir uns gemeinsam das Gelände ansehen können, vor allen Dingen die Gegenden, wo wir überhaupt nicht hingekommen sind! Ich weiß, daß andere da vielmehr gemacht haben während dieser Zeit!" „Wenn Sie Ihr Meßprogramm bis dahin abgeschlossen haben, bin ich einverstanden! Natürlich sollen Sie auch einen Eindruck von der Landschaft mit nach Hause nehmen!" „Sind wir jetzt fertig? Ich möcht' draußen noch einiges erledigen!" „Klar, Lars! Sie können gehen!" Mit Lars erheben sich die meisten der Gruppenmitglieder und gehen ihren Verrichtungen nach. Auch Thomas befindet sich unter ihnen. Er schlendert hinunter zum Ufer und setzt sich auf den Steg. Bald gesellt sich Karen zu ihm, während andere mit dem Entladen ihrer Kanus befaßt sind und dabei eine gewisse Geschäftigkeit um die beiden herum verbreiten. „Schade, daß die Zeit schon bald herum ist! Es ging alles so schnell!" „Ja, schade! Abgesehen von dem Zoff, den wir hatten, fand ich es sehr schön hier draußen!" „Wie das wohl die Trapper vor zweihundert Jahren erlebt haben mögen, dieses Land? Noch wilder, noch freier als wir!" „Sicherlich, Tom! Da gab es noch keine Marina, ja sogar die verstreuten Blockhütten haben noch gefehlt! Vieles wurde zum ersten Mal betreten." „Und jeder mußte sich von dem ernähren, was er hier gefangen hat!" „Mit den Trappern möchte' ich nicht getauscht haben!" Thomas schaut in Karens Augen. „Was machst du eigentlich hinterher?" „Ich fahr' noch weiter und verbring' meinen Urlaub! Und du fährst gleich zurück?" „Ja! Ich – na ja – ich hab' kein Geld mehr für länger zu bleiben. Die Exkursion hat mich genug gekostet." „Ah so!" „Ja, und dann seh'n wir uns wohl so schnell nicht wieder!" Karen schweigt lange. „Du, Thomas, ich fand das alles sehr schön, was wir beide hier zusammen gemacht haben! Ich will aber auch offen mit dir reden: Ich hab' zu Hause einen festen Freund! Versteh' bitte, daß dort alles wieder anders ist!" „Ja, du hast recht, Karen! Ich empfinde das auch so: Hier ist das Leben wirklich anders als bei uns. Ich spür' selbst, daß diese Gegend hier eine Freiheit ausstrahlt, die irgendwie ansteckend ist!" „Genau das meine ich! Ich weiß, daß mir's zu Hause wieder ganz anders gehen wird. Ich bin aber ehrlich: Ich hab' auch ein ganzes Stück Angst davor, ob es mir dann noch gefällt! Ob es dann noch geht, in das alte Leben zurückzukehren! Ich erhoffe mir Klarheit durch meinen Urlaub." „Ich versteh' dich: Diese Freiheit und die Natur bedeuten eine Verlockung, auch für mich! Ich hab' mich nie so unverklemmt und natürlich verhalten wie in dieser Zeit! Man müßte eigentlich den Mut haben, den Gefühlen zu trauen!" „Und hier zu bleiben? Meinst du das?" „Ja, Karen." „Wer kann das schon?" „Clerk tut es! Zusammen mit seiner Familie." „Das ist wahr! Ich hab' aber auch Angst vor der Einsamkeit, Tom: Immer hier draußen zu hocken!" „Ja! Das gehört wohl auch dazu. Ich hab' es nie für möglich gehalten, und doch ist es so, Karen: Ich hab' immer von diesem Land geträumt und hab' es bewundert! Ich bin hier und bewundere es noch immer! Ich glaube, ich werde es auch weiterhin bewundern, auch wenn ich zu Hause bin!" „Sowas gibt es selten im Leben!" „Das stimmt! Und darüber freue ich mich am meisten!" Gleichzeitig erheben sich Karen und Thomas – und umarmen sich, lange.

Tief hängen die Zweige überm Wasser, nur langsam kommen die Kanus voran. Immer schmaler und flacher wird der Seitenarm des Eastside River, immer näher rückt das Ufer an die Bootswände heran. Kaum mehr tauchen die Blätter der Ruder unter Wasser. Von den Zweigen hängen Efeugewächse und Bartflechten herab. „Aussteigen!" ertönt Stefans Ruf, der die Führung übernommen hat. Die Kanus werden an dicken Astgabeln festgebunden, obwohl keine Strömung sichtbar ist. Sicherheitshalber werden die Ruderhölzer mitgenommen. Etwas abseits vom Wasser ist das Unterholz mehr gelichtet, findet sich ein angenehmer Fußpfad, der keine Macheteneinsätze erfordert. Stumm wandert die Gruppe, einer hinter dem anderen, den Pfad entlang, dem helleren Licht zu.

Nochmals treffen die Forscher auf den Seitenarm, der hier nur knöchelhoch Wasser führt. Einige waten durch das kühle Naß, die anderen überspringen das knapp vier Fuß breite Rinnsal. Birkenverwandte Baumarten bilden einen Waldsaum vor den Buchen und Eichen. Und plötzlich bleiben die ersten der Wanderer gebannt stehen: Vor ihnen eröffnet sich ein lichtes, überflutetes Gelände, das aus Hunderten abgestorbener, kronenloser Baumstämme besteht, die haushoch aus dem Wasser ragen. Auf einem Großteil der mattgrauen Stämme sitzen tellerrunde Nester obenauf: eine ganze Versammlung von Vogelnestern läßt sich erkennen! Doch die Brutstätten sehen alle verlassen aus. Die Freunde wählen einen Weg längs dieser überfluteten Urwaldbühne und dringen hierbei tiefer in das Gelände ein. Das Wasser steht hier trübe und verbreitet einen stinkend-modrigen Geruch. Endlich wird ein besetztes Vogelnest gesichtet, dessen Tiere jedoch bald in sichere Höhe auffliegen. „Ich schätze, es handelt sich um eine Silberreiherkolonie!" meint Stefan zu den anderen. Auf einem umgekippten Stamm wird eine kurze Rast eingelegt. Getränke und Süßigkeiten werden getauscht. Die Silberreiherbucht strahlt eine Erhabenheit aus, die sich auf die Besucher überträgt und sie still ihre Stärkung einnehmen läßt. Das Brutpaar hat sich zurückgezogen und befindet sich außer Sichtweite. Die Freunde setzen ihre Exkursion noch ein Stückweit fort, ehe sie sich zum Umkehren entschließen. Die tiefe Nachmittagssonne reicht nun nicht mehr in die Reiherbucht: sie ist in ein seltsames Schattenlicht getaucht, als die Wanderer vorbeimarschieren. Erschöpft erreichen sie schließlich die Anlegestelle, lösen die Boote und ziehen diese an den Stricken in tieferes Gewässer, ehe sie einsteigen und mit langen Ruderschlägen ihre Rückreise antreten. Erleichtert steuern sie in den Hauptstrom zurück und legen kurze Zeit später am Blockhaus an.

„Lassen Sie uns Lebewohl sagen! Sie haben uns sehr viel geholfen!" Professor Merkhofer reicht Clerk die Hand. „Alles Gute auch für Sie!" „Grüßen Sie Ihre Frau und Ihre Töchter von uns!" Der Fallensteller steigt in das Boot, wirft den Motor an und fährt einen leichten Bogen, um stromaufwärts hinter den Bäumen zu verschwinden. Der Steg steht beladen mit Koffern, Kisten und Rucksäcken. Gläser scheppern gegeneinander, Angelruten liegen im Gras, Thermosflaschen stehen im Weg. Da taucht das Motorboot auf. Schnell hat es angelegt, wird der Chauffeur begrüßt. Die Gepäckstücke werden eingeräumt, unter die Sitzbänke verstaut. Bald ist das kleine Schiff vollgeladen, und noch immer steht die Hälfte des Gepäcks auf dem Bootssteg. „Einsteigen bitte!" ruft der Steuermann. „Einsteigen ist gut: Wo sollen wir denn da noch hin?" fragt Bettina. „Irgendwie dazwischen!" entgegnet der Professor, „das zweite Boot wird auch bald kommen!" Inzwischen sind die Kanus aneinandergebunden und am kleinen Motorboot festgemacht, das der Professor betritt. „Sie wissen Bescheid! Ich fahr' jetzt los!" Thomas und Stefan nicken zustimmend und schauen dem Konvoi hinterher, als die beiden Motorboote ins freie Fahrwasser steuern, um dann in Richtung des Dorfes einzuschwenken. Thomas spürt etwas Unvermitteltes, Gehetztes in diesem Aufbruch. Er ist froh, auf das zweite Taxiboot warten zu dürfen. Karen ist bereits mitgefahren, ebenso wie Cornelia. Er schaut auf das Haus, auf den Treppenaufgang. Er betrachtet die nahen Bäume mit ihren Kronen, die noch in leuchtendem Grün dastehen. Der Fluß erscheint ihm klarer denn zuvor, der Himmel reiner in seinem Blau. Ihm kommt dieser Abschied wie eine Flucht vor, eine Flucht vor der Natur selbst, vor dem Natürlichen! Warum bloß hier fortgehen? Warum zurückkehren in dieses sich Plagen, in das Mittelmaß eines Alltagstrotts? Warum das Paradies verlassen, wenn es noch existiert? Um sich selbst zu zähmen? Thomas sucht plötzlich nach Sinn; er sucht nach dem Sinn seines Lebens. Und er spürt, daß ihn die Kräfte verlassen, die ihn hierhalten, festhalten könnten. Da schwimmen genügend Vernunftbretter wieder an der Oberfläche, da gibt es wieder ausreichende Verlockungen an Musik, Büchern, an Bequemhaftigkeit. Er sieht die Freunde bereits das Boot beladen, das eingetroffen sein muß. Er entdeckt den Steg bereits völlig frei von Gepäck und schaut zurück auf das Haus. Die Freunde haben bereits alle Platz genommen in dem geräumigen Fahrzeug, als Thomas seinen Fuß auf das Bootsdeck setzt und mit dem zweiten Fuß die Verbindung löst von diesem guten Land. Stehend sieht er das Blockhaus davonfahren, stehend treiben alle Bäume hastig davon, spült das Wasser um ihn herum. Mit Tränen in den Augen spürt Thomas einen Schmerz in seiner Kehle, eine bittere Trennung. Verzweifelt setzt er sich auf die Holzbank nieder, rasch ist das Haus um die Kehre verschwunden, rasch erstreckt sich beidseitig das weite Ufer. Rasch ist diese Welt am Schwinden. Thomas starrt auf die Schaumkronen des Fahrwassers. Trotz allen Lärms durch Motor, Wasser und die Unterhaltungen seiner Nachbarn vernimmt er plötzlich diesen hellen Schrei, den klar ausgestoßenen Ruf, der ihn aufschauen läßt: Hoch oben, wohl über dem Blockhaus, kreist der König der Lüfte. Und Thomas hört, daß es freudige Rufe sind. Ahnungslos spürt er einen tiefen Trost. Seine Augen haften auf dem Vogel, bis jener sich als Punkt am Himmel aufgelöst hat.

Lange ruht sein Auge auf dem Wasser des offenen Sees. Mit sicherem Halt sitzt er auf dem Telegraphenmasten, der von zuckerweiß bedeckten Hausruinen umstanden ist. Eisig fegt der Wind durch sein Gefieder. Er betrachtet die Wellen, hält nach einem Fischkopf Ausschau, der nach Luft ringen könnte. Es bleibt heute geleert, dieses Meer. Auch fassen die ersten Eisränder Fuß auf dem See. Möwen fliegen bisweilen rufend an ihm in angemessenem Abstand vorüber. Auch ihre Schnäbel bleiben heute leer. Er unternimmt einen neuen Versuch. Mit einem kurzen Aufschlag erhebt er sich, durchschwingt mit geduldiger Kraft das eisig kalte Luftpolster und richtet seinen Blick auf das endlos weite Wasser. Warm schützen seine Brustfedern vor dem Eis, starr tragen seine Armschwingen den Körper empor. Die Möwen nehmen Reißaus. Sicher und erhaben gleitet er hoch über den Wellen, immer weiter und weiter, hinaus in den ergiebigeren, wärmeren Teil des Sees. Nun erspäht er die begehrten Mahlzeiten, sie sind reichlich vorhanden – doch unerreichbar für seine Krallen und seinen Schnabel! Die Kälte hat die Tiere in tiefere Regionen vertrieben; vorher endet sein Recht auf eine Beute! Er äugt geduldig nach einem unvorsichtigen Tier, das leichtfertig die Oberfläche aufsucht – vergebens! In weitem Bogen wendet er und steuert geradewegs auf die kleine Insel zu. Hinter sich vernimmt er das Geschrei der Möwen, die ihm zu folgen scheinen. Er überfliegt das verlassene Eiland und folgt stromaufwärts dem Fluß, der sich als dunkles Band zwischen weißen Wäldern hindurchzwängt. In Lagunen und Buchten leuchtet bereits matt die Eisdecke, samtfarben grau gezeichnet. Er sieht die Felsen an steilen Flanken noch unbedeckt vom Schnee hervorschimmern. Menschenleer scheint das Ufer, keine Kästen treiben auf dem Wasser. Dort unten erblickt er das Haus, von hohen Schneewehen geborgen. Gleich darauf erspäht er das zweite Haus, vor dem ein Bewohner sich mit einem Holzstab am Schnee zu schaffen macht. Um das Dorf gleitet er in einem weiten, sicheren Bogen herum; erkennt er Rauch aufsteigen und kleine Einwohner zwischen den Dächern umherspringen. Er richtet seinen Kopf nach vorne, blickt auf die endlos weite Schneedekke. Er verläßt den Weg des Flusses und überfliegt nun weiße Wälder, ein karges Land. Leise spürt er seinen leeren Magen. Noch lohnt der Flug zum See. Noch lohnt die tägliche Ausschau nach einer kleinen Mahlzeit aus dem offenen Wasser. Doch für wie lange? Der Schnee glänzt silbern auf den Bäumen. Von Wipfel zu Wipfel erblickt er seinen eigenen Schatten springen. Also lebt er.

2

Hoch wird der Staub aufgewirbelt hinter dem Fahrzeug. Längst ist der asphaltierte Highway einer geschotterten Straße gewichen, auf der jeder größere Stein für die Mitfahrer zu spüren ist wie jedes tiefere Schlagloch. Alle Muskeln sind daher bereits vollkommen durchgeschüttelt und tief entspannt. Thomas und Karen sitzen auf der offenen Ladefläche, ihre Rucksäcke zwischen den Knien. Saftig grüne Weiden mit vereinzelten Farmerhäusern ziehen an ihnen vorüber. Zäune sind kaum anzutreffen. Bisweilen jedoch hält das Road-Taxi an, öffnet der Fahrer einen Schlagbaum mitten im Gelände und schließt ihn hernach wieder. Tiere sind selten zu sehen, gelegentlich grasen einige Rinder oder Schafe auf den Weiden. Der Staubvorhang verschließt alsbald die Sicht nach hinten, so daß die Fahrgäste zur Seite schauen oder geschlossenen Auges vor sich hindämmern. Zwei alte Männer und eine junge Frau befinden sich mit auf der Pritsche des Fahrzeuges. Das hohe Führerhaus schützt vor allzu kühlem Fahrtwind. Thomas und Karen sind mit T-Shirts bekleidet und fühlen sich – den Umständen entsprechend – wohl. Fast scheinen die Körper der Mitfahrenden aufzuspringen, als das Taxi soeben mehrere Schlaglöcher durchbraust. Doch alle sacken wieder träge in sich zusammen. Und keiner weiß, wie lange die Fahrt noch dauern wird. Aufgrund von Staub und Lärm haben auch die beiden Urlauber sich dafür entschieden, ihren Mund verschlossen zu halten. So gestaltet sich die Anreise seit einer geraumen Weile als öde und langweilig. Ein Jeder hängt seinen Gedanken nach oder sucht zu träumen, welch letzteres den beiden älteren Männern zu gelingen scheint: weit hängen deren Köpfe vorgebeugt. Thomas sieht sich von Fragen verfolgt, die mit jedem Durchschütteln aus seinem Unterbewußtsein losgelöst zu werden scheinen und in sein Bewußtsein drängen: Fragen über Fragen, bei denen die Antworten nicht hinterhereilen. So entsteht in ihm ein Fragenstau, sein Kopf fängt langsam zu dröhnen an und pocht nadelscharf an seinen Schläfen auf Antworten. Ein bescheidener Auszug: Wie mag das Gelände jetzt dort aussehen? Wird er es überhaupt wiedererkennen? Wieviel Touristen wird es inzwischen dort geben? Wird er nicht von allem enttäuscht sein aufgrund seiner guten Erinnerungen? Wie wird sich Karen dort fühlen? Wird sie nicht ihn überfordernde Wunschvorstellungen mitbringen? Was werden sie an Proviant mitnehmen müssen? Wie groß sollte das Motorboot sein, das sie mieten werden? Wie werden sie diese lange Zeit miteinander auskommen? ... Stop! Thomas greift mit beiden Händen an seine Schläfen. Es gibt wahrlich bessere Ideen, als seinen Urlaub in der Wildnis zu verbringen!, denkt sein Kopf weiter. Doch gerade jetzt öffnet sich der Weg zu einer Senke, tauchen randwärts die ersten Bäume auf. Der Wagen biegt scharf nach links in einen Waldweg ein, der steil abfällt. Und schon stehen Hütten und Häuser am Weg, und vorne, da ist es: das Wasser – der Fluß! Überrascht von den ersten Bildern ihres Zieles, fühlt Thomas seinen Kopf völlig frei, leicht und entspannt. Es ist alles wieder da: der Steg mit den Schiffen, die Einkaufsläden an der Straße, die Bootsverleihhäuser, das geschäftige Treiben von Bewohnern und Besuchern. Mit einem Ruck hält das Taxi direkt am Ufer an: Die anderen Fahrgäste sind schnell ausgestiegen, allein Thomas und Karen benötigen eine Weile, bis sie ihr Gepäck abgeladen haben. Als er nun auf dem Boden steht, bemerkt Thomas, daß die Ansiedlung, die ‚Marina‘, gewachsen sein muß: Der Waldsaum ist ein weites Stück vom Ufer zurückgetreten. Vertraut erscheint ihm der Duft von Holz und Wasser. Überall sind

Menschen mit dem Be- und Entladen von Booten beschäftigt; hupen Fahrzeuge, die ihre Gäste direkt in die Boote zu verladen beabsichtigen; rangieren Bedienstete mit den Handkarren auf dem Bootssteg, um die Waren ihrer Kunden vor Ort abzuliefern. Dazwischen bellen Hunde, jagen Katzen zwischen den Beinen hindurch, um auf einem der Strommasten Sicherheit zu finden. Plötzlich dröhnt die Luft laut, steigt aus dem Waldgelände ein Hubschrauber empor, durchwirbelt die Luft samt dem Flußufer und schwenkt dann in Richtung des offenen Geländes ein, um am Horizont nach einer Weile unterzutauchen. Thomas und Karen schnappen ihr Gepäck und treten ein paar Schritte zur Seite, um zwischen zwei Holzhäusern einen ruhigeren Standort zu finden. „Schau mal da drüben!" Thomas zeigt in die Richtung, die vorher durch die Häuser verdeckt war. Dort steht, dicht geparkt, Wohnmobil an Wohnmobil, eine riesige offene Parkfläche voller Fahrzeuge! Betroffen schaut Thomas in Karens Augen. „Glaubst du, daß wir hier richtig sind?" fragt er sie. „Wart' erst mal ab, Tom! Das sind halt die Camper, die überall ‚rumstehen! Draußen ist es sicherlich friedlicher! Schließlich ist das Ganze doch ein Naturreservat!" „Hoffentlich kriegen wir noch ein Motorboot!" „Motorboot? Blödsinn: Wir nehmen natürlich ein Kanu! Ist viel billiger und vor allem romantisch!" „Wie du meinst!" „Bleib' du beim Gepäck, ich arrangier' das mit dem Kanu!" „O. k.! Und einkaufen?" „Machen wir danach zusammen!" Karen taucht in die Menschenmenge ein. Und jetzt erst spürt Thomas seinen Schrecken; ein tiefes Erschrockensein über das Geschehen hier in der Marina! Bald schon lärmt der nächste Helikopter beim Starten, kehrt ein anderer zurück. „So! Ein Kanu haben wir! Die sind ja schweinisch teuer geworden! Laß uns jetzt einkaufen!" Und nun drängen sich Thomas und Karen durch die Lebensmittelgeschäfte, stehen in jeder Schlange an, um die nötigsten Nahrungsmittel zu erwerben. Es mögen wohl zwei Stunden vergangen sein, ehe sie alle Vorräte und ihr Gepäck im Kanu verstaut haben. Erleichtert löst Karen die Leine vom Steg: Endlich in die Ruhe, endlich ein Aufbruch in die Einsamkeit, endlich alleine mit Thomas die Natur erleben!, sind ihre Gedanken, als sie das Paddel ins Wasser eintaucht.

„Diese Arschlöcher! Jetzt schau dir das an: Die ganzen Tüten sind naß! Müssen die denn so knapp vorbeifahr'n?" „Fast wär'n wir umgekippt!" „Gut, daß du das auch gemerkt hast!" erwidert Karen sarkastisch. „Als ob der Eastside River nicht breit genug wäre!" „Achtung! Da kommt das nächste!" Und wieder rauscht eine Motorjacht im Abstand von knapp drei Metern am Kanu vorbei, das durch die Wellen bedrohlich hin- und hergeschaukelt wird. „Ihr Idioten!" schreit Karen hinterher. „Ich glaub', die machen das absichtlich!" „Du, Karen, schau mal, wo die anderen Kanus fahren! Vielleicht gibt's hier inzwischen ‚ne Fahrtregelung!" „Quatsch! Wofür soll denn hier mitten in der Wildnis ‚ne Regelung nötig sein?" Das nächste Motorboot nähert sich langsam und bedächtig dem Kanu. Es scheint vollbeladen zu sein. „Hallo!" grüßt der Fahrer die Beiden. „Hallo!" „Sie fahren hier sehr gefährlich und falsch! Sie müssen mit dem Kanu da drüben fahren!" „Weshalb denn das?" fragt Karen ungläubig. „Kennen Sie denn nicht die Flußordnung?" „Nein!" „Ruderboote müssen ganz außen am Rand des Flusses fahren!" „Ah so! Vielen Dank jedenfalls!" entgegnet Thomas und wünscht eine gute Reise. „Das gibt's doch wohl nicht! Die spinnen, die Römer!" grollt Karen vor sich hin. Vorsichtig steuern die Beiden ihr Kanu zum rechten Flußufer hin. Hier treffen sie auf eine Kette von Kanuten, Bootsfahrern und Seglern. „Wenn wir hier jetzt jeden Bogen ausfahren müssen, brauchen wir ja Tage, bis wir die Hütte erreichen!" „Ich bin froh, wenn wir's vor Einbruch der Dunkelheit schaffen!" merkt Thomas an. Nach der überstandenen ersten Aufregung kehrt ein ruhiger, gleichmäßiger Rhythmus in ihre Fahrt ein. Bald haben Thomas und Karen die Kunst des harmonischen Eintauchens und Aushebens der Ruderblätter wiederentdeckt. Selbst die Steuerung gelingt vortrefflich und willentlich, obgleich fortwährend andere Reisende mit ihren Ruderschlägen dicht überholen! Schweigend folgen sie den Windungen des Flußufers, finden sie Muße, ihren Blick auch auf die Umgebung zu richten. Doch nun fährt ihnen ein weitaus größerer Schrecken in ihre Glieder; sickert stummes Entsetzen in ihre tiefsten Gefühlsregionen ein: Vergeblich sucht ihr Auge nach einem waldbestandenen Ufersaum mit den so typisch geprägten Felsvorsprüngen; vergeblich tastet ihr Auge nach den vertrauten, einsamen Buchten! Eine endlose, dichte Kette von Blockhäusern begleitet das Flußufer auf beiden Seiten! Holzzäune grenzen die Grundstücke gegeneinander ab und ragen in das

Wasser hinein bis ans Ende der gleichförmigen Bootsstege. Hier leuchten große Holztafeln mit Hausnummern grellfarbig in der Sonne. In kleinen Buchten kleben an den Hängen eine zweite und bisweilen eine dritte Zeile von Hütten oberhalb der ufernahen Behausungen! Und ein Haus gleicht dem anderen. Jedes Haus ist in der Naturfarbe des Holzes belassen, so daß die Hütten wie ein brauner Saum den Fluß einfassen. An den meisten Stegen sind Motorboote befestigt, ganz vereinzelt findet sich ein Anwesen mit Kanus. Allein das Blau des Himmels weckt in Thomas ein leises Vertrautsein. Er spürt, daß Karen etwas Ähnliches empfindet wie er selbst. Erschrocken fährt er auf, als ein Motorboot vom Ufer mit aufheulendem Motor startet und kurz vor ihnen den Weg kreuzt, um in die Fahrrinne mittwärts einzubiegen. Nach einer geraumen Weile ist die erste Entladung möglich. „Tom! Das darf doch nicht wahr sein! Was ist denn hier passiert? Das können die doch nicht machen! Die können doch nicht innerhalb von zehn Jahren dieses große Naturreservat ruiniert haben!" „Du siehst: sie können!" „Das hier ist doch Freizeitkonsum von der Stange!" „Mich erinnert's an die Ausstellungen der Gartenhäuser vor Baumärkten!"

„Das ist ja grausam! Schau' dir die Boote alle an! Wenn die erst mal auf dem Fluß sind, dann ..." Karen holt tief Luft. „Scheiße! Ihr Idioten! Ihr Bekloppten!" schreit sie aus. Von dem im überholenden Kanu sitzenden, älteren Paar erntet sie einen entgeisterten Blick. „Karen, weißt du eigentlich, welche Nummer unser Haus hat?" „Nummer? Du spinnst, Tom! Wir brauchen doch keine Nummer, um unsere Blockhütte wiederzufinden! Du bist ja völlig verrückt! Das ist ja ..." Schon löst sich ihre Wut in einen Weinkrampf auf, der ihren ganzen Körper schüttelt. Erschrocken und betroffen legt Thomas das Ruder ins Boot und wartet, stumm nach vorne blickend: Seine Angst, mit einem Boot zu kollidieren, ist mächtiger als sein Wunsch, Karen trösten zu wollen. Ohne sich umzuwenden, sagt er laut vor sich hin: „Du, Karen, wir sind jetzt hier! Wir müssen das Beste draus machen; wir sollten erst mal unser Haus finden und dann überlegen, wie es weitergeht!" Ihr Weinen wird verhaltener, nun spürt er das Ruder wieder eintauchen, er setzt ebenfalls mit ein. Erschöpft, ja entkräftet ertasten sie Stunden später mit dem Scheinwerferkegel ihrer Taschenlampe die Stegnummer, wo sie ihr Kanu anbinden. Ohne einer weiteren Wahrnehmung fähig, schleppen sie sich mitsamt ihrem Gepäck in die Hütte, in deren Dunkel sie auf dem Fußboden in einen tiefen Schlaf sinken.

Noch immer entsetzt, starrt Karen auf den Kopf über der Tür. Bleich, mit halboffenem Mund: kleben ihre Augen an dem Bildnis fest. Dort oben hängt, auf einem Astbrett fein säuberlich angeheftet, der abgehackte Kopf eines Vogels. Der scharfe, nach unten gebogene Schnabel endet spitz, die Glasaugen scheinen irgendwohin in den Raum gerichtet, eine breite Halskrause aus hellen Federn weitet das Kopfende aus. Auch Thomas ist soeben erwacht und hat die Trophäe entdeckt. „Ein Fischadler!" spricht er leise aus. „Ein Fischadler!" wiederholt Karen die Worte. Jetzt erst nehmen beide einander wahr, sieht sie Thomas mit zerzaustem Haar und den Reisekleidern, schaut er auf ihre nackten Füße. Beide sinken mit ihren Oberkörpern auf den Boden zurück und ertasten liegend ihre Augen. Sie legt die Hand auf seine Hüfte. Still ergründen sie ihren Schmerz, ihre Fragen. „Ich bin so froh, daß du da bist!" flüstert sie. Er streicht zärtlich über ihre Wange. Sie schenken einander einen Kuß. Danach erheben sie sich und betrachten ihre neue Umgebung. Der Raum ist schlicht und einfach mit Holz verkleidet. In der linken Ecke befindet sich eine Sitzbank mit Tisch, auf der rechten Seite gibt es eine Küchennische mit – oh doch, hier sehen sie beide richtig! – Kühlschrank, Elektroherd und einem Waschbecken. Ein leeres Bücherregal steht gegen die hintere Wand, deren Tür zu einem kleinen Schlafzimmer mit Doppelbett und zwei Nachttischchen aus Holz führt. Im Zimmer nebenan entdecken sie eine Naßzelle aus Kunststoff mit Waschbecken und Dusche nebst einer Toilette. Das Seifenstück ziert eine Banderole mit der Aufschrift: ‚Herzlich willkommen!'. Thomas und Karen treten vor die Haustür: Eine offene Veranda mit einem kleinen Tisch und einer Sitzbank gibt Gelegenheit zum Ausruhen: links, etwa fünf Meter vom Haus entfernt, ein schulterhoher Holzplankenzaun, dahinter das nächste, gleichaussehende Haus; rechts ein schulterhoher Holzplankenzaun, dahinter das nächste, gleichaussehende Haus! Wie Zargen eines Kammes ragen die Zäune samt den Holzstegen ins Wasser hinein, an denen – Haarbüscheln ähnlich – die Boote festkleben. Auf der gegenüberliegenden Seite ein gleiches Bild: Doch dort scheint in den hohen Felsen eine Höhlung gesprengt worden zu sein, um die Holzhütten unterzubringen. Oben erscheint das Plateau völlig kahl: Kurze Zeit später landet darauf der erste Hubschrauber. Über die verbliebenen Baumwipfel hinaus ragen Holzstangen schräg über das Flußufer, an deren Ende Scheinwerfer befestigt sind. Auf dem Fluß selbst herrscht bereits reger Bootsverkehr. Als Thomas und Karen ihre Hütte umschreiten, stellen sie fest, daß alle Grundstücke auch nach hinten gegen den Wald abgezäunt sind. Soeben werden die Holzläden der linksseitigen Nachbarwohnung geöffnet: Es tritt ein junges Paar auf die Veranda, schmusend und liebkosend. Mit dem Frühstücksgedeck wandert dort auch der Radioempfänger nach draußen. Rechtsseitig toben drei kleine Jungen hinter dem Zaun, deren Geschrei von Zeit zu Zeit durch eine sonore Baßstimme für kurz gedämpft wird. Ohne die neuen Nachbarn eines Blickes zu würdigen, setzen sich Thomas und Karen zurück auf die Bank. „Was nun?" sind Karens erste Worte. „Ich muß das alles erst mal aufnehmen und irgendwie einordnen. Momentan bin ich sprachlos!" „Das – das kann ich auch von mir behaupten! Ich weiß bloß eines: Sechs Wochen halt' ich das hier nicht aus!" „Kriegen wir was von dem Geld zurück, falls wir früher abreisen?" „Nach der Ankunft nicht mehr! Aber Geld spielt hier keine Rolle mehr, Thomas: Eher hocke ich mich zuhause in meine Wohnung, als daß ich mir meine freie Zeit verderben lasse! Auf jeden Fall zeige ich das Reisebüro an, das steht fest!" „Wenn wir bloß nicht vorher hier gewesen wären, wäre es vielleicht noch auszuhalten!" „Ja, das sind zwei Welten, Tom! Das kommt mir vor wie Himmel und Hölle! Schau dir den ganzen Kitsch und Wohlstandsscheiß doch an: Hier kannste wahrscheinlich abends noch in die Sauna gehen und im Whirlpool schwimmen!" „Vielleicht finden wir noch ‚ne ruhige Ecke!" „Wo denn, Tom, wo denn?" fährt Karen vehement ihren Begleiter an. „Hör dir doch die Motorboote an: Das ist wie in der City im Berufsverkehr! Hier ist doch alles eingezäunt, und wir sind wahrscheinlich die einzigen, die ihren Fernseher nicht mitgebracht haben! Natur mit Stromanschluß! Wie praktisch, quadratisch und schwachsinnig!" Thomas schweigt, weil er spürt, daß Karen recht hat. „Den Deppen fällt doch nix anderes ein, als den geschützten Tieren den Kopf abzuhacken und ihn an die Wand zu hängen!" Karens spontane Ausbrüche trösten Thomas auf eine ihm unvertraute Weise und sprechen doch nicht seine tiefste

Verletzung aus, die er dumpf empfindet. Er sucht
nach Worten – und sie bleiben aus.

„Du, das muß ein Bär sein!" „Blödsinn: Wie soll
denn hierhin noch ein Bär kommen?" „Aber hör'
doch genau hin, Tom: Das ist das Brummen von
einem Schwarzbären!" „Vielleicht irgendeines anderen Viechs! Ich schau mal nach!" „Aber sei vorsichtig!" Thomas schlägt die Decke zurück, erhebt
sich und geht zum Fenster. Langsam öffnet er den
Laden; Karen ist ihm gefolgt und steht hinter ihm.
„Nix!" flüstert sie. Doch das dumpfe, dröhnende
Geräusch hebt von neuem an. „Das darf doch nicht
wahr sein! Weißt du, was das ist?" ruft Karen laut
aus. „Das ist'n Porno! Die schauen sich da drüben
Videos an! Ich werd' verrückt!" „Die armen Irren!
Na ja, wenn sie's nötig haben!" Die Beiden schlie-
ßen wieder den Laden und steigen ins Bett zurück.
Eine verlegene Stille folgt, während derer das
dumpfe Stöhnen zu vernehmen ist. Ganz zögerlich
legt Thomas die Hand auf Karens Schulter. Leicht
finden ihre Lippen zueinander und umschließen
ihre Zungen. Verhalten streichelt er ihre Schulter,
ihren Bauch – ihre Brüste – ihr Schamhaar – „Du,
ich kann nicht! Ich fühl' mich hier nicht frei und

entspannt! Und dann der perverse Lärm von drüben! Glaub' mir: Es hat nix mit dir zu tun! Gib mir einfach Zeit dafür!" „Sicher! Es hat ja auch noch Zeit! Vielleicht finden wir dafür ‚nen bessern Ort." Thomas läßt von ihrem Schamhaar ab und tastet nach ihrer Hand. Die Finger eingehakt, halten sie einander fest. Und sie umarmen sich fest. Doch einzuschlafen vermag auch keiner. Beide starren im Dunkeln zur Decke. „Ich hab' mir das alles so schön mit dir vorgestellt ..." beginnt sie, „es hätte einfach natürlich sein sollen, wie wir hier zusammenleben. Und alles ist so häßlich geworden. Massentourismus." „Ja, das frage ich mich auch: Warum passiert sowas? Wer löst sowas aus? Und wer ist schuld dran?" „Schuld sind wir wahrscheinlich alle." „Und wir persönlich noch etwas mehr? Weil wir nix dagegen unternommen haben? Weil wir damals nix mit unseren Ergebnissen angefangen haben?" „Glaubst du ernsthaft, das hätte was geändert?" „Vielleicht." „Da wird doch vorher keine Wissenschaft gefragt, bevor so ein Tourismuszentrum in die Landschaft gesetzt wird!" „Ich bin selbst so überrascht, daß das alles in einem Naturschutzgebiet passieren konnte! Weißt du, mich würde echt interessieren, wie das so kommen konnte. Ob der Trapper noch hier lebt?" „Du meinst Clerk?" „Genau! Ihn müßte man befragen, was hier gelaufen ist mit dem Naturschutz." „Du, das können wir ja versuchen. Ich kann mir allerdings überhaupt nich' vorstellen, daß der noch hier ist!" „Wir probieren's einfach aus, ihn zu finden. Sein Haus stand doch nahe dem Nordkap der Insel." „Das ist ‚ne gute Idee! Falls einer noch ‚ne ruhige Stelle weiß, dann müßte er es sein. Gute Nacht!" „Gute Nacht!"

Stromabwärts fährt eines der Kanus an der Ostseite von Elk Island entlang. Die Motorboote sind in der Minderzahl an diesem Morgen, so daß einzelne Vogelstimmen zu hören sind. Der Bootsverkehr stromaufwärts ist äußerst gering. Der Blick fällt auf die Ferienhäuser, deren Abstände zueinander hier unten großzügiger bemessen sind. Zwischen den Hütten treten hellgrüne Rasenflächen in Erscheinung, vereinzelt mit Pinien oder Robinien bepflanzt. Die Bootsstege klaffen hier weiter auseinander, und auch kleine Felsvorsprünge vermitteln ein ursprünglicheres Aussehen. Doch schon taucht in der Flußmitte das Rotlicht einer Verkehrsregelungsanlage auf, deren Lampen an quer über den Strom gespannten Drähten hängen. Hier wechseln gerade einige Kanuten ihre Fahrtrichtung, indem sie auf dem für sie freigegebenen Weg über den Fluß zur anderen Seite hin steuern. Die weitere Reise stromabwärts führt an einer kleinen Bucht vorbei, in der ein einzelnes Haus errichtet steht. Es folgt ein weiträumig kahlgeschlagener Landstrich, der in weiter Ferne ein Felsmassiv erkennen läßt. Obenauf scheint ein Geländer die ersten, frühmorgendlichen Besucher zu umfassen. Während nun die meisten Kanus ihren Weg geradeaus fortsetzen, biegt ein blaues Kanu an der Südspitze der Insel nach rechts ab, umsteuert den ins Wasser überragenden Felsen und wählt seinen Weg, wieder stromaufwärts gerichtet, an der Westseite der Insel entlang. Ein großes Hinweisschild verbietet das Befahren mit Motorbooten jeglicher Bauart. Der Seitenarm des Flusses ist hier schmaler, es fehlen weitere, verkehrsregelnde Schilder. Das Kanu hat soeben gegen eine Stromschnelle anzukämpfen begonnen, die von einer Abbruchkante am Grund zeugt. Mit Geschick überwinden die beiden Insassen das Hindernis und gelangen in einen ruhigen Abschnitt des Flußbettes. Auch hier stehen uferseits die Wohnhütten nur vereinzelt, der Wald tritt bisweilen ans Ufer heran. Und hier treffen die Reisenden bald auf eine Landzunge, deren sandiger Boden auf ihr junges Alter rückschließen läßt. Gegen den Wald hin steht auch hier ein Holzhaus mit einem netzbehangenen Holzgerüst, das auf die Fischereitätigkeit der Bewohner hinweist. Flach endet das Ufer am Fluß, einem kleinen Sandstrand ähnelnd. Die weitere Reise führt an den wieder eng beisammenstehenden Ferienhäusern vorbei: Und bald ist das Nordkap mit seinem flachen Felsmassiv erreicht. Das blaue Kanu trifft hier auf den dichter gewordenen Strom an flußabwärts fahrenden Booten, reiht sich in die Kette ein, um für kurze Zeit der Karawane zu folgen. Dann steuert das Kanu jedoch einen der Holzstege an, um dort festzumachen. Zögernd betreten die beiden Reisenden den Landungssteg. Verunsichert tastet ihr beider Blick das Gelände ab. Und plötzlich treten sie festen Schrittes dem Boden zu: Ein verrostetes Gestell mit einem Basketballring und dem herunterhängenden, zerrissenen Netz scheint sie bestärkt zu haben, den Bewohnern einen Besuch abstatten zu wollen. „Guten Tag! Sie wünschen?" „Mrs. Janet Miller?" „Das ist richtig! Wenn Sie meinen Mann sprechen wollen: Sprechzeiten sind montags bis samstags von elf bis dreizehn Uhr drüben im Büro! Sie wissen, wo die Verwaltung ist?" „Nein!" „Ich kann's Ihnen kurz erklären: Vom Anlegeplatz gehen Sie die Hauptstraße etwa dreißig Meter geradeaus, dann ..." „Entschuldigen Sie, Mrs. Miller, wenn wir Sie hier stören! Wir wollten Ihnen ‚Guten Tag' sagen! Es ist auch schon ‚ne Weile her ..." „Sollte ich Sie kennen? Tut mir leid, es kommen so viele Leute vorbei, und da vergißt man das eine oder andere Gesicht!" „Wir waren vor zehn Jahren mit einer Studiengruppe hier: Biologen! Ich bin Karen, und das ist Tom!" „Oh, mein Gott! Sie haben recht, natürlich: Jetzt erinnere ich mich! Tut mir leid! Herzlich willkommen!" Mrs. Millers strenge Gesichtszüge haben sich entspannt, sie umarmt zuerst Karen und dann Thomas. „Treten Sie ein!" Das Innere des Hauses ist unverändert: Allein die Holzvertäfelung im Wohnzimmer ist dunkler geworden. Die Gäste nehmen am Tisch Platz. „Das freut mich, daß Sie uns nicht vergessen haben!" fährt Mrs. Miller fort. Ihr blondes Haar ist etwas heller geworden, doch ihre gebräunte Gesichtshaut wirkt noch immer jugendlich. „Zehn Jahre ist das her! Und Sie haben Elk Island noch wiedergefunden?" „Wir hatten Schwierigkeiten!" „Ja, hier hat sich vieles verändert. Mein Mann managt sozusagen das Naturreservat." „Ah so!" „Er ist Direktor der Ferienbaugesellschaft. Er hat mit der praktischen Seite der Arbeit zu tun, weniger mit der finanziellen." „Wie geht es Ihren Töchtern?" fragt Karen. „Sie erinnern sich? Unsere älteste, Jane, macht Führungen mit dem Helikopter! Sie hat den Pilotenschein. Die mittlere, Susan, ist die Chefsekretärin von Clerk! Und unsere jüngste, Sarah, soll später den Bootsverleih für Motorjachten übernehmen. Zur Zeit macht sie Rundfahrten für Touristen und überwacht nebenbei den Naturschutz hier im Reservat." „Gibt es denn hier noch etwas zu schützen?" fragt Karen. Thomas spürt den Stimmungswechsel der Unterhaltung unangenehm im Bauch. „Natürlich, Karen! Wir haben hart gearbeitet im Reservat, um die Natur den Menschen näherbringen zu können! Clerk hat eine schwere Zeit hinter sich gebracht, bis das alles aufgebaut war!" „Verstehen Sie uns bitte nicht falsch!" merkt Thomas an, „wir glauben Ihnen, daß es viel Arbeit gibt! Das sieht man ja auch! Aber Sie können sich sicherlich auch an die Situation von vor zehn Jahren erinnern. Und da empfand ich alles noch ursprünglicher!" „Das war noch die Zeit unserer Armut! Ja, ich erinnere mich genau, Tom! Die Kinder mußten acht Stunden Schulweg mit dem Boot zurücklegen! Es gab immer nur Fisch zu essen, und an elektrischen Strom war überhaupt nicht zu denken! Sie haben recht, Tom: Das war vielleicht doch die härteste Zeit für uns. Und alles war hier wild auf der Insel. Keine Ordnung. Gut, daß Sie das erwähnt haben! Dafür geht es uns allen heute sehr gut!" „Sie haben doch alles kaputtgemacht mit Ihrem Ferienwohnungsbau! Wozu braucht man Strom hier draußen in der Natur?" Thomas umfaßt Karens Hand, die zu einer Faust geballt ist. „Laß mich! Das ist doch wahr! Da hätten Sie besser in die Großstadt ziehen sollen, um ‚nen einfachen Schulweg und all den Konsumplunder haben zu können! Das hier draußen ist ein Unterhaltungszirkus geworden und hat mit Naturschutz nichts, aber auch rein gar nichts mehr zu tun!" In das eisige Schweigen dringt Hubschrauberlärm. Die Rotorblätter singen über dem Haus, bevor sie leiser werden. „Das sind Clerk und Jane! Ich glaube, Karen, Ihnen steht kein Urteil über unsere Lebensweise zu! Es ist wohl besser, wenn Sie sich mit meinem Mann weiter unterhalten! Ich habe andere Verpflichtungen!" Thomas' Kopf glüht vor Scham; weich spürt er seine Knie und bleischwer seine Glieder. Zwanghaft meidet er Karens Blick. In einen hellen Sommeranzug gekleidet, tritt Clerk ein: gut gebräunt, mit funkelndem, scharfem Blick. „Hallo, Karen und Thomas! Nett, daß Sie uns besuchen!" Er schüttelt ihre Hände. „Wissen Sie, viel Zeit habe ich nicht! Aber da Sie uns mit Ihrem Besuch beehren, lasse ich heute das Mittagessen ausfallen. Schießen Sie los: Was führt Sie zu uns?" „Wir hätten da ein paar Fragen an Sie, Mr. Miller!" „Lassen Sie das: Für Sie bin ich noch immer der alte Clerk!" „Blankes Entsetzen führt uns zu Ihnen, was Sie mit der Insel und der ganzen Umgebung angerichtet haben!" Clerks Blick ist ernst und nachdenklich geworden. „Ja, Sie kennen das alles noch von damals! Wissen Sie: Gewollt hat das keiner von uns, die wir hier schon damals gelebt haben!" „Wo ist die grüne Schilfbucht hingekommen, wo sind die Greifvögel, wo die Bären und wo sind die Wälder mit den Streifenhörnchen geblieben?" In Clerk scheint das vertraute Bild wiederzuerwachen, als Karen ihre Vorwürfe ausspricht. „Was ich Ihnen sage, sollte nicht für alle Ohren bestimmt sein, Karen! Es fing ja auch alles ganz harmlos und unscheinbar an. Drüben, in der City, hat damals ein Automobilhersteller ein neues Werk errichtet mit zweitausend Arbeitsplätzen. Sie wissen vielleicht nicht, was das für diese Region bedeutet, zweitausend Arbeitsplätze! Das entspricht einer Verdoppelung aller Stellen! Nun ja: Für die gehobenen Führungskräfte hat der Konzern Wochenendhäuser beansprucht – in der romantischen Wildnis von Elk Island, wie sich bald herausstellte! Die Regierung hat das gutgeheißen, als Naturschutzhüter wurde ich auch gefragt. Es wurden einige Uferflächen abgeholzt; es wurden stattliche Villen gebaut, alles aus Holz. Doch das Beispiel machte Schule: Was die Regierung einem ausländischen Unternehmen gewährte, konnte jedem einheimischen auch nur recht und billig sein! Binnen dreier Jahre hatten wir so viele Bauanträge vorliegen, daß das Ganze nur auf radikale Weise gelöst werden konnte: Alle Ferienhausbesitzer wurden enteignet, die alten Villen wurden abgerissen, und es wurden Fertigbauhäuser angeliefert. Längst hatte eine Energieversorgungsgesellschaft Strom verlegt, die Gewässer mußten mit Regelvorschriften für Bootsverkehr versehen werden. Die Hubschraubereinsätze sind das neueste: Vor zwei Jahren wurde damit begonnen! Und wenn Sie mich nun noch fragen, wem der Grund und Boden gehört: Die meisten

Grundstücke wurden von ausländischen Investoren aufgekauft, weil die einheimischen Unternehmen die Folgekosten gar nicht tragen konnten! Das gesamte Westufer von Elk Island zum Beispiel gehört einem asiatischen Reifenhersteller!" Leise fragt Karen: „Und wie haben Sie das alles aushalten können?" „Es gab für uns zwei Möglichkeiten: Entweder fortzuziehen oder uns anzupassen und bei den Gewinnern zu sein! Wir sind geblieben, weil es so unscheinbar angefangen hat. Mit dem heutigen Wissen konfrontiert, hätte ich mich wahrscheinlich fürs Weggehen entschieden!" „Und wie steht's nun mit der Natur?" fragt Thomas. „Tom, Sie haben ja einen Blick dafür, und so ist es auch: Die Fischadler und Kormorane sind seit sechs Jahren verschwunden. Den letzten Schwarzbären mußte ich auf Elk Island vor drei Jahren erschießen, weil er ein Kind angefallen hatte. Die Fischbestände sind derzeit kritisch und dürfen kaum bejagt werden. Der Wald harrt aus, die Bäume haben Geduld!" „Und wie geht es Ihnen persönlich?" „Ich hab' viel zu tun. Aber es hat mir mehr Spaß gemacht, Tierfallen aufzustellen als Fallen für leichtsinnige oder rücksichtslose Touristen, die hier ihren Frust an den Überresten der Natur auslassen!" „Wie geht es jetzt weiter?"

„Keine Ahnung! Zur Zeit gilt es, das Bestehende zu bewahren! Doch ich kann Ihnen gar nicht raten, ob Sie eher das alte Bild unserer Insel vergessen oder es in Erinnerung behalten sollten, um für den Naturschutz zu kämpfen! Viele Ihrer Fragen sind mir vertraut: Wie oft hab' ich sie mir selbst gestellt! Ich weiß nur eine Antwort: Wir treffen Entscheidungen im Leben, die Folgen haben. Umkehrbar ist das wenigste! An unseren Entscheidungen gilt es also zu lernen." „War das alles nicht vorher bereits abzusehen?" „Das nützt Ihnen gar nichts, Karen! Nachdem eine Entscheidung getroffen ist, bringen so viele Menschen ihre Energie ein: Planer, Techniker, Handwerker! Diese Energiewelle ist dann nicht mehr aufzuhalten, so schmerzlich das auch ist! Ein jeder handelt ja aus dieser Quelle heraus: Es geht um das eigene Leben und um die Angst, es verlieren zu können!" Es folgt ein Schweigen. „So! Es ist Zeit: Ich muß zu meiner Arbeit zurück! Ich wünsche Ihnen viel Glück! Und vielen Dank für Ihren Besuch!" Tränen glänzen in Karens Augen, als sie Clerk zum Abschied umarmt. „Danke für deine Aufrichtigkeit! Dank für alles!" „Vielleicht sehen wir uns noch! Alles Gute!" „Lebt wohl!"

Leicht kräuseln sich die Wellen im warmen Abendwind. Die Sonne ist hinter dem Waldkronenhorizont verschwunden, allein dem dunklen Himmel schenkt sie eine leuchtend helle Aura. Auch das Wasser spiegelt diese Aura wider. Doch auf ihm tanzen auch vereinzelt die Scheinwerferlichter herannahender Motorboote. Die Dämmerung verleiht den Bootsanlegeplätzen eine wärmende Dunkelheit, die ihnen der Tag entreißt. In den Ferienhäusern haben die Abendlichter zu strahlen begonnen, sie hängen wie Laternen in einem dunklen Wald. Die Musik der Nachbarhütten ist leiser geworden und wird von Stimmengemurmel übertönt: Abendessenszeit! Hier wird von einem der Kinder noch schreiend das Aufessen des Haferbreis verweigert, dort wird noch über den Nachtisch überraschend heftig debattiert. Thomas und Karen liegen bäuchlings und spärlich bekleidet auf dem Holzsteg, lang hingestreckt den vielfältigen Lichterspielen auf dem Wasser folgend. Unmerklich wechselt die jugendliche Dämmerung in einen frühen Abendhimmel, an dem erste Sterne zu entdecken sein würden, falls der Blick nach oben wanderte. Doch die beiden Urlauber finden keinen Anlaß, aufwärts zu schauen. Seit zwei Tagen sind sie vielmehr schweigend damit befaßt, in die tiefen Abgründe ihrer Trauer hinabzusteigen. Es fehlt ein Trost. Statt eines Widerstandes haben sie bei Clerk die gleiche Betroffenheit vorgefunden. Und das schmerzt sie beide. Indem die Frage nach der Schuld nicht vorzubringen gewesen war, bleibt sie an ihnen selbst haften. Beide drängt die Frage nach den Ursachen des Geschehenen, nach mutmaßlichen Tätern, die zu ergreifen sein würden. Und indem ihrer beider Haut dieses Holz berührt und indem ihrer beider Augenpaare auf dieser Wasseroberfläche haften, spüren sie beide, daß sie Mittäter geworden sind. Ihr Hiersein; der unterschriebene Mietvertrag für Haus und Boot; der eingebrachte Proviant; das erste Benutzen elektrischen Stroms: All dies sind Indizien für ihre Komplizenschaft, es sind letztendlich erdrückende Beweise vor jedem Untersuchungsausschuß. Wenn bloß das Urteil schon gesprochen wäre! Wenn sie bloß endlich verurteilt sein würden, um ihre Strafe antreten zu können. Doch die Opfer wie die Richter schweigen und ziehen sich zurück: Die Natur scheint bescheiden. Allein die Mitangeklagten lärmen und toben herum, als ob es vor der eigenen Hinrichtung nochmals ausgiebig zu leben gelte! Gehört ihr beider Leiden unter diesem Lärm nicht bereits zum Strafmaß? Sind sie vielleicht nicht doch schon abgeurteilt worden zu dieser grausamen Zeremonie? Doch wann sind die anderen dran? Kommen sie etwa ungeschoren davon, gerade weil sie keinen Schmerz wahrnehmen? Könnte die Natur so ungerecht sein? Kann die Natur so selbstzerstörerisch sein, ihre eigene Vernichtung zu unterstützen? Oder greift sie nach den ausführenden Tätern und stürzt den Dachdecker von einer Leiter, erteilt dem Installateur von Stromleitungen einen tödlichen elektrischen Schlag? Menschlich ist dieses Verhalten, die Henker zu bestrafen und die Richter mit einer Pension zu bedenken! Aber ist es auch natürlich? Was eigentlich unterscheidet sie beide von ihren Nachbarn? Das sind Nuancen, dem Wald oder den Flußlebewesen gegenüber: ein anderer Beruf, Kinderlosigkeit, verschiedene Lektüre! Der elektrische Strom entstammt demselben Kraftwerk, und sie scheißen alle in den gleichen Fluß, auch wenn er mit einer Kloschüssel dekoriert erscheint. Das also macht sie alle gleich im Angesicht anderer Lebewesen. Vielleicht gibt es einen Ausweg, eine Hoffnung auf Verbundenheit: Von der Natur zu lernen! Falls die Natur bescheiden sein sollte, gelte es, sich deren Bescheidenheit anzueignen. Falls die Natur urteilsfrei existierte, gelte es, ein Leben ohne Verurteilungen zu führen. Falls die Natur allein die Gegenwart kennen sollte, gelte es, die Gegenwärtigkeit des eigenen Lebens hochzuschätzen. Und falls die Natur allein der Veränderung Zeugin sein sollte, gelte es, der Veränderlichkeit des Lebens Ausdruck zu verleihen. Doch warum sollten sie beide dann noch traurig sein? Warum überhaupt das Vergangene beleben? Thomas und Karen spüren, daß sie beide am gleichen Gedanken angelangt sind, als plötzlich ein grelles Licht ihre Augen blendet und den ganzen Fluß in gleißendes Kunstlicht einhüllt. Kurz darauf kommen die ersten Boote angerast mit Wasserskiern im Schlepptau: Nightsurfing Time!

„Langsam! Und Vorsicht bei dem Stacheldraht!" Hinter der Hütte sind Ausbrecher am Werk: Sie haben sich das Mobiliar zunutze gemacht, indem sie vor dem Zaun einen Tisch mit einem Stuhl obendrauf plaziert und hinter dem Zaun den gleichen Turm errichtet haben, um das stacheldrahtbewehrte Hindernis zu überwinden. Es handelt sich offensichtlich um einen Mann und eine Frau, die soeben das zulässige Nutzungsareal verlassen. „O. k.! Alles in Ordnung?" „Ja!" Schon dringen sie ins Dickicht des Laubwerks ein und verschwinden selbst für aufmerksame Beobachter. Dort drinnen – oder genauer: dort draußen verwehren dicht gewachsene Hecken wie auch Baumverjüngungen ein leichtes Vorankommen. Zum Fluchtwerkzeug gehört daher auch eine Machete, mit der das hinderliche Gestrüpp durchtrennt wird. „Kannst du was erkennen?" „Du meinst von damals? Bis jetzt nicht. Wir müßten nach circa fünfhundert Metern auf ein kleines Felsplateau gelangen, wo wir damals die Flechten und Moose kartiert haben!" Langsam kämpfen sich die beiden Flüchtlinge voran, belästigt von Mosquitos und anderen seltsamen Insekten. Ahörner mit halbmeterdickem Stammdurchmesser stehen hier vereinzelt. Die höherwüchsigen Eichen erscheinen etwas schlanker. Und überall gibt es Nachwuchs! Dunkler schließt sich hier das Kronendach, geringer wird die Zahl der Stechfliegen. Laut singend schmettert die Klinge des Messers plötzlich an einem Stein ab. „Verflucht! Hier kommt Geröll!" „Nee du! Das ist das Plateau!" Tatsächlich betreten die Beiden soeben eine Felsplatte und stehen plötzlich unter freiem Himmel. „Also haben wir's gefunden!" Die Flechten leuchten in gelblich-grünen Farben bis zu rauchgrauen Schattierungen. Die Sternmoose liegen braun und flach auf den Fels gedrückt. „Tja, Karen! Das ist unsere alte Untersuchungsfläche! Wie dicht das drumherum zugewachsen ist!" Thomas strahlt auf. „Die ist also heil geblieben!" Beide setzen sich für einen Augenblick auf den heißen Fels. „Hast du eigentlich die Unterlagen von damals mitgenommen?" „Die liegen in der Hütte." „Dann könnten wir doch im Grunde genommen eine Neuaufnahme machen, um die Entwicklung aufzuzeigen." „Im Prinzip schon! Doch was würden wir damit bezwecken, Karen? Am Ende würden die Ergebnisse noch als Reklame dazu dienen, daß Natur und Feriendörfer bestens miteinander auskommen können! Was würde das für einen Sinn machen?" „Das stimmt! Wir müßten da aufpassen! Aber mich würde es einfach interessieren, was sich in zehn Jahren so verändert hat in einem Urwald!" „Neugierig bin ich auch! Du: Da haben wir aber einiges zu tun die nächsten Wochen! Laß uns erst mal weiter unten nachschauen, ob man da überhaupt noch durchkommt." Thomas und Karen erheben sich, folgen dem Pfad zurück ins dunkle Walddach und bahnen sich einen Weg vorbei am Felsen zu dem tiefergelegenen Waldteil. Dort ist das Bild geprägt von hohen Zuckerahörnern und Stieleichen; der dichte Unterwuchs scheint unterdrückt. „Und?" „Machbar ist das schon! Hier hat sich wenig verändert, bis auf die Stammdurchmesser." „Gut!" „Wir können's uns ja noch mal in Ruhe überlegen." Die beiden Freunde dringen noch ein gutes Stück weiter in den Urwald vor, ehe sie den Rückweg antreten. Erschöpft, doch erleichtert kehren sie in ihr Gefängnis zurück: Es gibt auch eine Natur, die zählebig und ausdauernd ist!

„Erstens haben Sie gegen die Naturschutzverordnungen verstoßen! Und zweitens gegen die Badeordnung!" „Können Sie Zeugen benennen?" „Selbstverständlich, Madam! Das Ehepaar Foreman hat Sie beim Übersteigen des Zaunes bereits mehrfach beobachtet. Und Familie Starck hat Sie beim Nacktbaden angetroffen." „Das ist ja wohl eine Unverschämtheit!" fährt Karen den Polizisten an, „ich habe beim Baden überhaupt niemanden gesehen! Außerdem war es stockfinster! Diese geilen Böcke müssen mit ihrem Nachtfernglas hinter den Gardinen gehockt haben!" „Ich bitte Sie, Madam! Schließlich gibt es dort drei kleine Kinder! Sie geben also alle Delikte zu?" „Ja, natürlich haben wir das gemacht! Wir leben doch schließlich in der freien Natur – oder in den Überresten der freien Natur!" „Gut! Das erleichtert die Angelegenheit. Es sind damit einhundertfünfzig Dollar Strafe zu zahlen. Und ich verwarne Sie gleichzeitig, daß im Wiederholungsfall Ihre unverzügliche Abreise erforderlich ist!" „Hast du das gehört, Tom? Einhundertfünfzig Dollar als Preis der Freizügigkeit! Äußerst günstig, kann ich nur sagen, äußerst günstig! Vielleicht sollte ich ‚ne Peepshow eröffnen, um das Geld wieder einzuspielen, was , Tom?" Karens Augen glühen vor Wut. „Zahlen Sie oder zahlen Sie nicht?" „Hier haben Sie Ihre lumpigen Dollars, Sir!" Karen eilt zum Fenster und reißt es auf: „Ihr verklemmten Arschlöcher da drüben, hört mal her! Ich wünsch' euch, daß der nächste Fick ohne eure Schlaftabletten-Pornos klappt! Ihr blöden Wichser, Ihr!" „Madam, ich weise Sie darauf hin, daß ich als Zeuge gegebenenfalls aussagen kann, falls Sie wegen Beleidigung angezeigt werden!" „Ist schon gut! Sie haben Ihre Kröten! Also schieben Sie ab!" „Sir! Ich glaube, Ihre Lady braucht dringend Urlaub! Ich empfehle mich." „Auf Wiedersehen!" Thomas schließt die Tür hinter dem Polizisten und tritt nah an Karen heran, die mit gesenktem Kopf vor dem Fenster steht. „Du, wir teilen das Geld!" sind seine ersten, hilflosen Worte. Ganz leise entgegnet sie: „Es geht doch nicht ums Geld! Ich versteh' das alles nicht, Tom: Die machen da draußen nachts ihren Affenzirkus und bleiben unbehelligt. Und wir interessieren uns für die Überbleibsel des Urwaldes und zahlen dafür einen teuren Eintritt. Ist denn die Welt so verrückt? Sag' mir: Spinn' ich, oder spinnen die?" Er faßt Karen an den Schultern, geht mir ihr in den Schlafraum und legt sich angezogen neben sie auf das Bett. „Du, das ist irgendwie alles verdreht hier. Du hast recht. Daß hier ein paar Verklemmte neben uns wohnen, wissen wir schon länger. Die können dich nur an dem Abend gesehen haben, als der Fluß angestrahlt wurde. Und das andere, das war unser Fehler: Wir müssen unsere Untersuchung eben bei Clerk anmelden! Ich mein', die Leute glauben zumindest, den Wald zu schützen, indem sie uns anzeigen." Karen blickt mit traurigen Augen Thomas an. „Weißt du, was ich merk': Du verteidigst jedesmal die anderen! Warum bist du nicht mal auf meiner Seite?" Thomas zuckt zusammen. „Da hast du allerdings recht. Ich weiß auch nicht, warum mir das passiert." Karen legt die Hand auf seine Wange. „Sind denn die anderen immer so wichtig? Muß denn immer nur Frieden sein unter den Menschen? Das macht mich so traurig!" Bleischwer spürt Thomas seine Glieder. „Du bist so ehrlich, Karen. Vielleicht ist das meine Friedensneurose. Oder Diplomatenkrankheit. Ich weiß auch nicht!" „Ich fühl' mich dann so allein. Wenn ich spür', daß meine Wut dich kalt läßt. Das heißt für mich, daß ich jeden Kampf alleine austragen muß." Thomas zögert. „Und wie ist das bei Bernhard?" „Warum fragst du das? Das spielt doch überhaupt keine Rolle zwischen uns! Aber wenn du's unbedingt wissen willst: Der ist genauso feige. Ich glaube, die Männer sind alle Feiglinge, wenn's um die Gefühle geht!" Thomas wendet den Blick ab, steht auf und verläßt den Raum. „Ja, lauf nur weg! Die Wahrheit hört keiner von euch gerne!" Thomas geht nach draußen. Er setzt sich in das Kanu und läßt seine Wut an den Wellen des Flusses aus.

Langsam steuert das blaue Kanu in die Bucht von John's Island. Die Bäume fußen hier bisweilen nah am Ufer, zwischen den schrägen Felsplatten hindurch. Moose und Flechten wachsen auf den Steinen. Fernab sind weitere Kanus zu erkennen, die flußaufwärts steuern. Näher rückt das Becken der Bucht, und von weitem glänzt der dichte Gitterdraht in der Sonne. Das blaue Kanu nimmt Richtung auf den schmalen Flußlauf, der sich in den Wald hineinschlängelt. „Hast du auch den Schlüssel dabei?" „Ja!" „Verrückt, daß wir einen Schlüssel brauchen, um die Silberreiherbucht zu besuchen." „Einen Schlüssel zur Natur, so sieht's aus." „Ohne Clerk wär' das nicht gelaufen." Das Kanu legt kurz am felsigen Ufer an. Thomas betritt das Gestein und schließt ein Tor auf, das die Bucht vom Waldinnern trennt. Vorsichtig schleusen die Beiden das Kanu durch die schmale Öffnung und verriegeln hinter sich wieder das Tor. Weit in die Mitte des Baches ragen die Äste der Birken und Ulmen. Bald schon machen Thomas und Karen das Boot am Ufer fest und wandern zu Fuß weiter. Der Pfad ist nur zu erahnen, so daß Thomas mit dem Messer das Grünwerk durchtrennen muß. „Du: Das ist noch der alte Trampelpfad!" „Kann gut sein. Jedenfalls ist das Unterholz ziemlich groß geworden." Tatsächlich erreichen die Wanderer nun jene Stelle, an der der Wald sich öffnet und das sumpfige

Gelände mit den abgestorbenen Baumleichen frei-
gibt. Doch nur noch vereinzelt stehen diese auf
dem moorigen Untergrund: Licht und kahl erscheint die Fläche den Besuchern. Auch der Was-
serspiegel ist gesunken; Moospolster und Seggen
decken hier bereits den festeren Boden. Die beiden
Freunde betreten vorsichtig den Rand des ehema-
ligen Sees. Die Moose federn wie ein wasserdurch-
tränkter Schwamm die Schritte ab, doch sie tragen
das menschliche Gewicht. Die wenigen Nester auf
den verdorrten Baumkronen sehen halb verfallen
aus; kein einziger Vogel ist zu sehen. Gespenstisch
mutet dieser Teil der Landschaft an, wie ein Lei-
chenfeld! „Auch das haben sie kaputtgekriegt. Bald
wird das alles zugewachsen sein." „Mit dieser Ein-
schätzung wäre ich vorsichtig! Das, was wir hier
seh'n, ist die natürliche Entwicklung, das ist die
Verlandung eines stehenden Gewässers. Das macht
die Natur ohne den Menschen." „Du meinst, der
Wald erobert sich diese Wasserfläche wieder zurück?" „Genau. Das nennt man dann Sukzession."
Die Beiden setzen ihren Weg auf dem Moosrasen
fort. An manchen Stellen überspringen sie einzelne
Wasserlachen, die zwischen den Moospolstern
stehen. Auf einer größeren Fläche machen sie Rast.

Karen legt ihre Kleider ab und streckt sich auf dem Moos aus. Thomas folgt ihr und legt sich neben sie. Sie findet bald seine Lippen, seine Haut, seine Erregung. Sie vergraben sich ineinander, sie wälzen sich auf dem federnden Moospolster, sie genießen frei ihre Lust aneinander. Bis diese süße Müdigkeit beide befällt und sie entspannt ihren Blick auf den Himmel ausrichten. Später wandern sie zurück zum Boot, verlassen das Naturreservat und kehren zu ihrem Haus zurück.

Heller Rauch steigt in den blauen Himmel. Noch haben Thomas und Karen die Stromschnellen nicht passiert, als sie die Fördertürme neben einem Fabrikgebäude bereits erkennen. Doch zunächst steuern sie das Kanu geschickt zwischen den Steinen hindurch, vermeiden das nicht ungefährliche Überfahren der Untiefen und gelangen ins untere, ruhige Flußbett. Erleichtert rudern sie nun der kleinen Insel zu. Seit zwei Stunden befinden sie sich auf dem Wasser. Und jetzt lassen sich die Gebäude deutlich erkennen, Motorgeräusche verraten Betriebsamkeit. Langsam lassen sie das Kanu auf die kleine Anlegestelle zutreiben, binden es fest und steigen aus. Der Steg besteht aus Metallgittern, ebenso wie alle ufernahen Gebäude und Zäune auf Gittern stehen. Die Hauptstraße ist asphaltiert, breite Gehsteige sind gepflastert. Und alle Hütten leuchten in grellen Farben in der Sonne: Wellblech-Fertigbauweise. Links von der Hauptstraße steht eine ganze Barackensiedlung von Wohncontainern. Am Ende der Hauptstraße steht ein flaches Fabrikgebäude mit drei Fördertürmen. Thomas und Karen gehen ein Stück weit entlang des Geländezaunes in eine der Seitengassen, ehe sie zur Hauptstraße zurückkehren und Abstand von dem Gebäude nehmen. Vor den Einkaufsläden halten sie an und betrachten die Auslagen. „Weißt du noch, wie's damals hier ausgesehen hat?" „Ja, ‚ne echte Geisterstadt ist das gewesen." „Mich wundert, daß hier wieder gearbeitet wird. Daß sich das alles rentiert." „Arbeitsplätze, Tom!" „Fragt sich nur, was hier produziert wird. Die Türme deuten doch auf Bodenarbeiten hin. Vielleicht gibt's hier Bodenschätze, Metalle, Gold!" „'Ne bessere Stelle hätten sie wirklich nicht finden können, mitten im Naturschutzreservat!" „Jedenfalls kommen wir da nicht ‚rein, das können wir uns abschminken." „Ruhige Lage, keine Schnüffler außer uns, was willst du mehr?" „Wahrscheinlich hast du recht. Mit der Sache von damals hat das nix mehr zu tun." „Wo wir die Papiere in der Kiste gefunden hatten, meinst du das?" „Ja, genau." „Komm, laß uns wegfahren. Untertagebau können wir uns auch zu Hause ansehen." Thomas und Karen wählen den Weg zu ihrem Kanu zurück, und dann geht alles ganz schnell: Aus zwei Seitengassen stürmen mehrere Personen auf sie zu und werfen sie zu Boden.

Als Thomas die Augen aufschlägt, spürt er einen drückenden Schmerz im Kopf. Vorsichtig dreht er den Kopf zur Seite und blickt auf eine graue Wand. Ganz langsam hebt er die Füße von der Pritsche auf den Boden und richtet den Oberkörper auf. Über ihm ist eine weitere Pritsche. Er drückt sich mit den Händen ab und steht auf. Die Tür ist aus Eisen, mit einem verschlossenen Sichtfenster in Kopfhöhe. Gegenüber der Tür das vergitterte Fenster, unterhalb der Decke. In der Ecke links neben der Tür steht die Kloschüssel, daneben ist an der Wand das Waschbecken befestigt. Auf der oberen Pritsche liegt Karen, mit einer Wolldecke bis zur Hüfte zugedeckt. Vorsichtig rührt er mit der Hand an ihre Wange. Sie schlägt die Augen auf. „Wo bin ich?" Er gibt ihr einen Kuß. „Oh, mein Kopf! Was ist passiert?" „Komm, ich helf dir runter." Sie richtet den Oberkörper langsam auf und streckt die Beine nach unten. Er faßt sie an den Hüften und zieht sie sanft nach unten, auf den Boden. Ganz fest halten sie sich in den Armen. „Sie haben uns abgegriffen, draußen auf der Geisterinsel. Zusammengeschlagen und eingelocht. Das sind so die Urlaubs-Events hier im Land!" Mit einem lauten Klacken wird plötzlich die Tür aufgesperrt, und zwei Polizisten treten ein. „Kommen Sie bitte mit!" Thomas und Karen lösen ihre Umarmung und folgen den Männern. Durch einen langen Gang mit Zellentüren an der Seite gelangen sie zu einem Gitter, das aufgeschlossen wird. Sie treten hindurch und setzen ihren Weg fort. Über eine Metalltreppe erreichen sie ein Zimmer, wo mehrere Personen an Bildschirmen beschäftigt sind. „Setzen Sie sich bitte!" Sie nehmen auf zwei der Stühle an der Wand Platz. Eine zweite Tür geht auf, und Clerk tritt ein. Sie erheben sich und geben einander die Hand. Ihm folgen zwei weitere Personen, die das Gepäck von Thomas und Karen mit sich führen. „Schaut euch alles an, ob's vollständig ist." „Wird schon passen!" meint Karen und nimmt ihren Rucksack auf die Schulter. Und schon verlassen die Drei den Raum und gelangen über einen langen Flur zum Ausgang. Ein Wachposten schließt die Tür auf, und sie stehen im Freien. Helles Sonnenlicht blendet sie. Schweigend folgen Thomas und Karen Clerk zum Parkplatz, laden ihr Gepäck in den Kofferraum und steigen ein. Auch während der anschließenden Fahrt schweigen alle drei. Nach einer guten Stunde biegt Clerk in den Weg zur Marina ein und fährt zügig bis zum Parkplatz. „Kommt mit!" Sie gehen auf einen Hubschrauberlandeplatz zu und verstauen ihr Gepäck im bereitstehenden Helikopter. Bald schon startet die Maschine, hebt schnell ab und läßt den Fluß wie ein kleines Band erscheinen. Die Wälder ziehen wie Moospolster unter ihnen vorüber. Der Helikopter landet auf dem Plateau, das gegenüber ihrem Ferienhaus gelegen ist. Nachdem die Drei ausgestiegen sind, verläßt die Maschine wieder den Landeplatz und kehrt zur Marina zurück. Clerk geht vor und wählt den Weg zu einem der Felsplateaus, das mit Wacholdern, Moosen und Farnen bewachsen ist. Am Rande findet sich ein schattiger Platz, Clerk setzt sich auf einen der Steine und lädt auch die Beiden dazu ein.

„Ich hätte euch früher einweihen sollen. Und warnen müssen vor dem Gelände!" „Was ist eigentlich los, Clerk? Sind wir hier Verbrecher, wenn wir uns für die Natur interessieren?" fragt Karen. „Ihr habt doch damals auf der Exkursion eine Kiste gefunden mit Papieren! Da fing der ganze Ärger schon an. Die Fischfabrik war schon lange auf der Insel gewesen und hatte angeblich abgewirtschaftet, als sie geschlossen wurde. Und dann wurde plötzlich Uran entdeckt! Merkwürdig war das schon gewesen, wie das zusammenpaßte!" „Die Fabrik hatte nicht abgewirtschaftet, Clerk, die Bilanzen waren positiv gewesen, das weiß ich ganz sicher! Ich hab' die Papiere noch zu Hause!" wendet Thomas ein. „Dann habt ihr doch einen brisanten Fund damals gemacht. Damit könnten wir heute noch beweisen, daß die Schließung der Fischfabrik rechtswidrig gewesen ist. Es gab natürlich damals Proteste, aber wir hatten nichts in der Hand. Also wurden die Arbeiter von der Uranfabrik übernommen und besser bezahlt, zumindest anfangs, um die Proteste abzuwürgen. Seitdem wird dort mehr oder weniger heimlich geschürft und Uran abgebaut. Ob das Uran für Atombomben oder Atomkraftwerke weiterverwendet wird, wissen wir nicht, das läuft woanders ab. Die Vorkommen werden von Schiffen abtransportiert, meist nachts, wegen der Touristen. Und ihr beide seid dazwischengeraten, als ihr gestern auf der Insel wart." „Dafür brummt uns jetzt der Schädel." „Tut mir wirklich leid, das hätte nicht passieren dürfen. Das Unternehmen ist verpflichtet, mich zu informieren, falls dort Touristen auftauchen. Ich werde denen auch noch den größtmöglichen Ärger machen wegen dieses Vorfalls! Seid euch da ganz sicher!" „Ja, Clerk, vielen Dank erst mal für deine rasche Hilfe! Du hast uns ja ziemlich schnell gerettet aus den Fängen der Justiz." „Ja, die dürfen das aber nicht! Wir haben ausdrücklich für solche Fälle Vereinbarungen getroffen! Ihr kennt ja meine Meinung: Aus meiner Sicht kann das Uran da liegenbleiben, wo es ist. Weder Atombomben noch Kernkraftwerke helfen unserem Land weiter." „Gut, daß du das so siehst!" erwidert Karen. „Was machen wir jetzt?" fragt Thomas. „Ich hab' unten das Boot angelegt, ich bring' euch zu eurer Hütte und fahr' dann wieder zur Arbeit!" Clerk erhebt sich, die Beiden folgen ihm. Sie klettern nun vom Felsplateau herunter, folgen dem Waldpfad bis zum Ufer und besteigen das Motorboot. Clerk setzt die Beiden am anderen Ufer vor der Hütte ab. Als alles ausgeladen ist, reicht er ihnen noch einen Sack. „Hier, das ist für eure erste Erholung nach dem Schrecken!" Karen springt ins Boot zurück und umarmt Clerk. „Vielen Dank für alles, für deine große Hilfe." „Ist schon o. k.! Ich bin froh, daß ihr hier seid!" Sie verabschieden Clerk und tragen alles Gepäck ins Haus. Im Sack finden sie Vollkornbrot, Schinken und Käse, Rotwein, Sekt, Schokolade und Bananen, Pfirsiche, Äpfel und eine Ananas. „Das ist echt lieb von Clerk!" meint Karen. „Kann man wohl sagen." Und wieder liegen sich beide in den Armen, und ein erstes entspanntes Lächeln eilt über ihre Gesichter.

Dicht und schwer steht der Nebel über dem Fluß. Von Zeit zu Zeit wird er rotfarben durchleuchtet vom Warnlicht der Bootswacht; dann hallen die Huptöne des Schiffes nah wider, um bald vom Nebel gedämpft zu werden. Die Luft ist naß. Kaum läßt sich der Steg des Nachbarhauses erkennen. Alles ist leiser geworden. Seit zwei Tagen stehen die benachbarten Ferienhütten leer – Urlaubsende. Skelettrippen gleichend ragen die Bootsanleger tagsüber in den Strom hinein. Die Hütten werden nur noch von Reinigungspersonal betreten, das nach Abschluß der Arbeiten die schweren, hölzernen Winterbalken vor die Eingangstüren schiebt. Haus um Haus zieht so der Winterschlaf ein, Anfang Oktober. Als Thomas und Karen am heutigen Morgen erwachen und ihr Frühstück einnehmen, fühlen sich beide einsam. Jetzt, wo die Motorboote verschwunden sind, könnte der Fluß seine Geschichten erzählen. Jetzt, wo die Waldsäume vom Toben von Fernseh- und Radioempfängern, vom Blenden greller Badeanzüge und Shirts befreit sind, könnten sie ihr verhaltenes Rauschen erklingen, ihr leuchtendes Blätterkleid aufstrahlen lassen. Doch alles ist still, und nichts leuchtet auf. Auch jetzt scheint die Umgebung gebändigt, gefesselt, geknebelt von der Hand des Menschen. Die Bäume, die Seen und Flüsse haben ihre Ausstrahlung verloren. Thomas und Karen sitzen auf der Holzbank vor der Hütte, von einer Wolldecke gewärmt. Ihre Blicke tauchen in den Nebel ein. Für wie lange, weiß keiner von beiden. Dann fängt das gleißende Leuchten von oben an, der Nebel reißt auf, und die Sonnenstrahlen tanzen auf den Wellen. Die Nebelschwaden ziehen flußabwärts, das Wasser leuchtet grünblau, die Hütten und Bootsstege goldbraun, ebenso die restlichen Bäume. Karen springt auf, rennt zum Ende des Bootssteges und springt ins Wasser. Thomas folgt ihr, und beide plantschen im kühlen Element.

„Die sind aber schön! Vielen Dank! Schau mal, Clerk, was für schöne Blumen!" „Oh ja! Hallo und guten Abend!" „Guten Abend!" „Setzen Sie sich. Freut mich, daß Sie gekommen sind!" Thomas und Karen streifen ihre dicken Wollpullover ab und nehmen auf der Eckbank Platz. Bald darauf erscheinen auch Sarah, Susan und Jane. Die Begrüßung ist herzlich. „Was darf ich Ihnen zu trinken anbieten? Wein oder Bier?" „Lieber Wein. Danke." „Laßt uns doch alle auf das ‚Du' anstoßen. Prost!" Die Gläser klingen hell aneinander. Janet und Susan servieren das Essen. Es gibt Kaninchenrücken mit Erdnüssen in Rahmsoße, dazu Kartoffelkroketten und verschiedene Gemüse. „Guten Appetit zusammen!" Gäste und Gastgeber genießen ihr Mahl und erfreuen sich auch am süßen Nachtisch, einer selbstgemachten Mousse au chocolat von Susan. „Hervorragend!" und „Ausgezeichnet!" loben die Gäste die Künste der Köchinnen. „Was machst du eigentlich beruflich?" geht Clerks Frage an Karen. „Ich bin Lehrerin für Naturkunde." „Und du, Tom?"

„Ich arbeite an einer Doktorarbeit über die Umweltverträglichkeitsprüfung." Jetzt öffnet Thomas den kleinen Rucksack. „Wir haben dir was mitgebracht, Clerk, was dir vielleicht bei deiner Arbeit weiterhilft. Das sind zwei Bestandsaufnahmen der gleichen Fläche typischen Urwalds aus der Zeit von damals und von heute. Wir haben noch nichts ausgewertet, aber die Daten möchten wir dir gerne weitergeben." „Das ist ja hochinteressant!" Clerks Augen beginnen zu glänzen, während er in den Kopien der handgezeichneten Karten blättert. „Endlich wird hier mal systematisch geforscht! Und daß ihr beide damit anfangt, finde ich phantastisch. Und wo ist das?" „Nicht weit von unserer Hütte entfernt. Ein Stück westlich." „Jetzt ist mir auch klar, wofür ihr die Aufenthaltsgenehmigung im Reservat gebraucht habt. War sicher ‚ne Menge Arbeit." „Es ging. Damals waren wir zu dritt gewesen." „Ich werde mir das im einzelnen noch in Ruhe ansehen und unseren Computer damit füttern." „Das wollen wir zuhause auch machen." Clerk legt die Kopien sorgfältig zusammen. „Mir schwebt ja vor, den ganzen Besucherverkehr hier oben zu halten und das untere Flußdelta unter strengen Schutz zu stellen. Wenn diese blöde Uranfabrik da nicht wäre!" „Janet, ich möchte dir noch was sagen.", wechselt Karen das Thema. „Ich war da neulich sehr ungerecht!" „Laß nur, Karen! Du hast deine Wut ,rausgelassen, und das ist gut so. Du bist jung. Und ich habe drei Töchter. Ich versteh' dich sehr gut." „Danke!" Es entsteht eine Pause. „Und ihr drei fühlt euch wohl in euren Jobs?" fragt Karen weiter. „Es ist viel Arbeit da.", erwidert Sarah. „Mir macht das Fliegen halt riesig Spaß.", meint Jane. „Und ich bin Pap's rechte Hand. Manchmal kriegen wir uns ja in die Haare.", sagt Susan lächelnd. „Wo gibt's das nicht?" meint Clerk. „Wollt ihr euch ein paar Photos von der Pelztierjagd ansehen? Ich mein', von früher, als ich noch Fallensteller war?" „Paps, willst du die Beiden mit den alten Bildern langweilen?" „Ich bin echt neugierig, Susan, laß mal. Ich kenn' Trapper nur aus Büchern.", sagt Thomas. Janet ist aufgestanden und holt das Album. „Ist sowieso großes Glück gewesen, daß mal ein Journalist ,ne Reportage gemacht hat hier draußen. Sonst gäb's gar keine Bilder." Vorsichtig schlägt Clerk das Album auf. Und erklärt den beiden Gästen die Herkunft der Aufnahmen; berichtet dabei über kleine Abenteuer und lustige Vorkommnisse. Thomas' Augen haften auf den blausti-

chigen Farbbildern: Clerk mit Motorschlitten –
Motorschlitten während der Fahrt – Schneegestö-
ber (alles weiß) – der Wald – der Fluß – die Falle
mit dem Biber – zerquetschte Schnauze eines Bi-
bers – Korbfalle mit lebenden Kaninchen – Clerk
mit Kaninchen, an den Ohren haltend, in der anderen Hand das Messer – der Sack mit den Beutetie-
ren – ein Dorf mit lachenden Passanten – ein Sa-
loon von außen – Theke des Saloons, Clerk mit
Bierglas in der Hand – Landschaft bei Dämmerung
– Clerks Biwak – Clerks Kopf schaut aus dem Biwak
– Biwak innen (alles dunkel und unscharf) – Clerk
im Kanu – Clerk hält eine Wasser-Biberfalle in der
Hand – toter Biber, Augenstarre – gefrorener Fluß
– Clerk mit Motorschlitten auf dem Eis – Clerk vor
seinem Haus, daneben Janet – Clerk mit seiner Familie. Spät verabschieden sich Thomas und Karen
von den Freunden und fahren in der Dunkelheit
mit dem Kanu zurück. Beide sind still geworden.
Von oben leuchtet ein halber Mond auf das Wasser.

„He, du kannst dich abschnallen!" Thomas spürt
Karens Ellbogen in der Hüfte und öffnet die Augen.
„Wir sind oben. Wir haben's geschafft!" ruft sie
freudig aus. „Traumhaft, der Himmel!" „Ja! Und

keine einzige Wolke in Sicht." Thomas greift nach Karens Hand. „Schön, daß wir hier zusammen sind." Zärtlich küssen sie sich. Und leise flüstert sie: „Soll ich dir mal was verraten?" Thomas schaut sie erwartungsvoll an. „Mach schon!" „Ich hab' Bernhard bereits ‚nen Brief geschrieben." „Wann?" „Drei Wochen ist es sicherlich her." Karen strahlt. „Und warum hast du mir die ganze Zeit nix gesagt?" „Ich wollt' das Gefühl spüren, eventuell allein weiterleben zu müssen." „Und mich hast du zappeln lassen!" „Hat dir das geschadet?" „Nee, nicht wirklich." Er gibt ihr einen Kuß. „Alles ruhig sitzenbleiben! Ihnen passiert nichts, wenn Sie stillhalten!" ruft plötzlich eine Stimme von hinten. „Sitzenbleiben, habe ich gesagt!" schreit eine andere Stimme. Thomas erkennt eine maskierte Person mit Schußwaffe. Sie steht weiter vorne im Mittelgang. „Schnallen Sie sich sofort an!" lautet der nächste Befehl. „Achtung, Achtung, hier spricht der Kapitän! Folgen Sie den Befehlen der Entführer im Interesse unsrer Sicherheit!" Thomas spürt einen leichten, rasenden Puls am Hals. Feucht klebt seine Hand an Karens Hand fest. Kurze Zeit später verteilen zwei Stewardessen einen Handzettel. „Das gibt's doch wohl nicht! Das ist ja genau da, wo wir herkommen!" „Ob die Aktion hier allerdings Sinn macht?" fragt Thomas. „Besser als gar nix zu machen!" erwidert Karen. „Und wenn wir dabei draufgehen?" „Das ist dann eben Evolution, Thomas! Die einen sterben aus, um den anderen Platz zu machen!" „Du hast echt Humor!" „Komm', hab' Vertrauen in das gute Ziel! Wir wollen doch eigentlich das Gleiche erreichen!" „Achtung, Achtung! Hier spricht der Kapitän! Die Entführer fordern eine Kursänderung zurück zum Flughafen. Wir fliegen also zurück. Ende der Durchsage!" „Na herrlich! Jetzt geht's zurück!" „Oder vorwärts!" „Wie meinst'n du das?" „Ganz einfach: Ich laß mich überraschen, wie's dann weitergeht. Das ist alles." Blau schwebt draußen der Himmel. Die beiden Fluggäste schauen für eine Weile stumm aus dem Fenster. „Wir müssen bald da sein." Die Maschine verliert an Höhe: Umrisse des Kontinents lassen sich wahrnehmen. „Der fliegt aber ganz schön tief!" „Der weiß schon, was er macht." Die einzelnen Häuser der Stadt sind jetzt deutlich zu erkennen. Plötzlich schwirren Tausende weißer Blätter in der Luft. Immer mehr, immer dichter tanzen die Blätter wie ein Meer weißer Tauben an den Fenstern vorbei. „Was ist denn jetzt los?" fragt Thomas vor sich hin. „Das ist das Flugblatt, das Sie in der Hand halten.", erwidert einer der Entführer im Mittelgang. Karen schmunzelt. „Jetzt weiß ich endlich, was ein echtes Flugblatt ist! Das ist ja phantastisch! Schau mal!" Karen strahlt vor Freude. „Echt ‚ne gute Idee von euch!" Minuten später landet die Maschine sicher auf dem Flughafen. Die Luftpiraten sind allesamt nach vorne gegangen. „Achtung, Achtung! Hier spricht der Kapitän. Die Entführer haben sich soeben ergeben. Wir können bald die Maschine ordnungsgemäß verlassen. Ich danke Ihnen für Ihre Disziplin!" „Was die wohl erwartet?" fragt Karen. „Na, ‚ne Geschmacksprobe haben wir ja selbst geliefert bekommen, draußen im Reservat!"

Thomas und Karen sitzen im Hotelzimmer. Sie haben ihr Gepäck in eine Ecke gestellt und trinken gerade gut gekühltes Mineralwasser. „Komm, laß uns ‚rausgehen, ich kann jetzt nicht still hier ‚rumsitzen!", schlägt sie vor. Kurze Zeit später stehen sie im Aufzug und fahren ins Erdgeschoß. Auf der Straße erwartet sie Nachmittagsverkehr, doch nach gut fünfzig Metern entdecken sie einen Park, wo sie den Weg entlang schlendern. „Du, Thomas, ich muß dir was sagen!" „Na, schieß los!" „Die Sa-che mit der Flugblattaktion läßt mir keine Ruhe mehr. Jetzt ist genau da Radioaktivität gemessen worden, wo wir unterwegs waren. In dieser blöden Uranfabrik wird also mehr gemacht, als Clerk ver-mutet hat. Die reichern das Uran an, sonst wär' die Strahlenbelastung nicht so hoch." „Das glaub' ich inzwischen auch!" „Wir dürfen die Lebewesen jetzt nicht im Stich lassen, Tom. Wir haben das Wissen. Und Clerk kann gut unsere Hilfe gebrauchen." „Was meinst'n du damit? Willst du hierbleiben?" „Genau, Thomas, ich trag' mich mit dem Gedanken, zurück-zufahren nach Elk Island, um der Atomlobby das Handwerk zu legen." „Was wollen wir beide denn ausrichten? Die kassieren uns wieder ab, und dann sitzen wir länger hinter Gittern, darauf kannst du Gift nehmen!" „Beim ersten Mal haben die uns überrumpelt, wir gehen ab jetzt geschickter vor. Wir haben schließlich noch die Papiere von da-mals, die beweisen, daß die Fischfabrik rentabel gewesen war. Auf jeden Fall hat auch Clerk ver-dient, daß wir ihn unterstützen, oder?" „Eigentlich schon!" „Na also! Machst du mit?" Thomas schaut in Karens leuchtende Augen und bleibt stehen. „Und wir bleiben für immer?" „Für immer!" „Gut!

Ich bin dabei! Und wie kriegen wir unser ganzes Zeugs von zu Hause hierher?" „Das organisieren wir später! Erst helfen wir Clerk und den Pflanzen und Tieren von Elk Island, dann holen wir unsern Haushalt hierher." „Du bist echt mutig, Karen!" „Du doch auch. Geh'n wir zurück ins Hotel und organisieren die Fahrt ins Reservat." „Gut."

Hoch wird der Staub aufgewirbelt, als der Überlandbus anfährt und in dem Staubtunnel langsam verschwindet. Zwei Fahrgäste sind ausgestiegen. Sie wuchten ihre Rucksäcke auf die Rücken, überqueren den Highway und betreten den linksseitigen Abzweig, einen geschotterten Weg. Im Gleichschritt marschieren beide dem fernen Horizont zu: Dort läßt ein dunkler Faden den Waldsaum erahnen. Die Sonne steht niedrig, die Luft ist kühl und klar. Schritt um Schritt nähern sich die Wanderer dem Wald. Keine Menschenseele begegnet ihnen in dieser Einsamkeit. Keine Staubwolke meldet ein herannahendes Fahrzeug. Leise fängt der Wind an, zu singen. Es scheint vermessen, den ganzen Weg zu Fuß zurücklegen zu wollen. Längst sind die Schuhe schon weiß vom Staub, lange schon gehen die Füße von selbst. Eine Hand hält eine andere fest. Der Sonnenball rührt fast an den Horizont, als sich endlich der dünne, dunkle Faden zu einem Band erweitert und sich das Band dunkelgrün färbt. Endlich führt der Weg zu einem Gefälle. Die beiden Körper stolpern fast nach vorne. Die Dämmerung färbt die Waldränder rechts und links des Weges schwarz, und der blaue Abendhimmel weitet sich: Die Siedlung ist erreicht! Alle Geschäftigkeit hat sich ins Innere der Häuser zurückgezogen, alle anderen Menschen werden von warmen Holzwänden geschützt. Der Hafen birgt dunkel die Boote. Die beiden Wanderer sind stehengeblieben. Vor ihnen flüstert der Fluß leise einen Willkommensgruß. Die ersten Sterne tanzen auf seiner Oberfläche. An welche Tür anklopfen? Wem die erste Bitte anvertrauen? Wo das erste Nachtlager aufschlagen? Alle diese Fragen gleiten auf den Wellen des Flusses. Schwer ist die Hand geworden. Müde sinken Thomas und Karen auf den Steg und knien vor dem Wasser nieder. Dort scheint der ganze Sinn ihres Lebens geborgen. Wo führt ihre Reise hin? Dunkel, doch mit klaren Umrissen, erkennen sie sich selbst.

Im selben Verlag erhältlich:

Peter E. Rücker

Kieselsteine •Pebbles • Cailloux

Gedichte • poems • poèmes

(deutsch • englisch • französisch)

229 Seiten

ISBN 978-3-8334-5291-8